文化品位
优雅生活

那些

闪闪发光的事
和
让人心疼的爱

Glittering things

一水间
/作品
YI SHUI JIAN
WORKS

青岛出版社
QINGDAO PUBLISHING HOUSE

目 录

Part 1

遇见你之后，
都是好时光

生命中，总有一段路
需要自己来走

目　录

Part 3

趁着年轻，努力去奋斗

Part 4

愿你想要的明天，如期而至

不记得是什么时候，偶然从杂志上看到仓央嘉措的一段话："好多年了，你一直在我伤口中幽居。我放下过天地，却从未放下过你，我生命中的千山万水，任你一一告别。世间事，除了生死，哪一件事不是闲事。"

他说得没错，这世间除了生死，哪一桩不是闲事。

可我们到底不是圣人，没有那么高的境界。于是在俗世的烟火中浮浮沉沉，为着所谓的闲事而喜怒哀乐，悲喜一生。

我们是宇宙苍穹里的一粒一吹即散的小尘埃，是万千世界里的小人物。可是，我们却甘愿做一个小人物。

小人物也可以通过拼搏努力散发太阳般的金色光芒；也可以咬牙坚持到最后收获胜利的果实；也可以用我们不算强壮甚至有些瘦削的肩膀给人以温暖；也可以有个美好的让听者感动落泪的故事……

构思这本书的时候，我正坐在一辆从八佰伴开往新区的循环公交车上，右手捧着一杯酒酿奶茶，左手拎着打包的"天下第一鲜"花甲外加两个香草味的泡芙。车上人并不是很多，空座位很多，可是我却莫名其妙地选了一个正对着太阳的位置。因为靠窗，便也懒得调换。

眯着眼看着窗子外面已经经过几百次的街道，我依旧像初见到一般新奇。每周在机构给学生上完课，我宁愿绕过两个红绿灯到对面的公交站台上，等一辆经过南长街的765公交，也不愿着急回去。这条古街上有硌得人脚疼的青石板路；有挂着大红灯笼的仿古式建筑的火锅府邸；有外面色调清冷、内屋小灯暖盈的香港甜品铺子；还有棕色的木门紧闭，却依稀能听到咿咿呀呀唱词的昆曲会馆乃至许多不知名的旗袍老店……一切的一切，对我都有着莫大的诱惑。

坐在公交车上贴近车窗看着一闪而过的人群，就像看着还未谢幕的电影，有人微笑，有人皱眉，有人靠在桥柱上号啕大哭，有人用双手捂住嘴巴，眼眶里溢满幸福激动的泪水……

我喜欢一切有故事的人和事物，哪怕那人仅仅是一个蹲坐在桥头衣衫褴褛拉着二胡呼吸清风的垂垂老者，或者是一盒刚开了封口却没有吃干净的手工酸奶……无论那故事是给人温暖抑或是悲伤，希望或者失望，都是一束照亮心灵、温柔岁月的暖光，是一缕分花拂柳散发别致香味的清风。

　　我想把我所知道的一切美好故事都讲给你听，也许只是像妈妈做的桂花糖藕这样的小事，也许是别人的但感动到我的小故事。但我始终相信，真正像星星一样闪闪发光的美好及令人心疼的爱就藏匿在这容易被忽略的点滴之中，而高远缥缈的，再美也不是生活。这些美好里或许有淡淡的忧伤，有若有似无的惆怅，有软弱无力的失望，但都是我们生活里生动的气息。我不想跟你讲高远、惊天动地的事，我想讲的，是我的、也是你的故事——闪闪发光且令人心疼。最终，我希望看完这些故事后会给你带去令你舒展眉头、唇角翘起的温暖。

　　　　　　　　　　　　　　　　　　一水间

　　　　　　　　　　　　　　　　　　2015年11月9日

遇见你之后,

Part 1

都是好时光

远方，会有人等你

有人等着，那便不会惜迟。如果暂时没遇到，也没什么关系，总有人会等你，也许重逢，也许相遇。

2014年8月，刘明湘以一首《漂洋过海来看你》赢得"好声音"舞台上四位导师的全部转身，其实被这首歌感动的不光是屏幕上泪流不止的那英，还有屏幕外的许多观众，平时并不怎么观看综艺节目可那日却碰巧打开电视机并调至浙江卫视的关晓宁便是其中一个。

彼时的她刚刚完成一幅明天要交给画廊的画稿，任务完成后将画稿卷起放入画匣中顺便打开了电视机，于是屏幕上正在低吟浅唱的女子顿时让她湿了眼睛。她忽然想到了如今的自己，拼命努力工作攒钱为的只是漂洋过海能到他所在的国度去看他一眼。

　　她叫关晓宁，一名普通的插画家，偶尔会从画廊里接一些琐碎活儿来做。2010年，她和众多守在门外等候J君签名的粉丝一样，怀着激动兴奋的心情看着偶像在随行工作人员的陪同下走进了大厅。因为来得早，所以她排在长长的人龙前面。

　　如果说漫画界也按娱乐圈那样将明星划分等级的话，那么J君便是漫画界当之无愧的男神天王。2008年他以一部《鹤落亭花岗》创造了中国漫画界古风水墨漫画首次销量突破千万册的纪录，随后推出的《谚语新漫》更是刷新了网络漫画的新纪录。

　　对于这两部难得让她喜欢的作品，关晓宁默默祈祷它的作者一定要对得起自己的作品。在关晓宁看来，一般漫画画得好的人要不就是行为怪异的"怪蜀黍"要不就是宅在卧室里发霉的宅男。然而J君却脱离了关晓宁的认知，他既不是宅男也并非"怪蜀黍"，相反，在网友曝出的照片里，他眉眼如画，气质清冷脱俗。

　　某日无意间逛论坛时看到网友发帖爆料最近当红的古风漫画家J君的私房照片时，她鬼使神差地点了进去。于是在看到那张他身着浅青色条纹衬衫俯身作画的照片时，关晓宁察觉到那一刻，自己的心脏跳动急速加快。

　　她迅速地登录新浪微博然后私信给一个与自己在微博上交流频繁的好友：嗨，在吗？我今天在论坛里看到了J君的照片了，他长得和你好像。

实际上她想说的是，嗨，你是那个漫画家J君吗？

私信发出去后等了近十分钟没有人回应，于是她关掉了页面。

是他吧。

二十三岁的关晓宁也是一个漫画和插画画手，偶尔也会帮一些小刊物画些少女插画，在网上也连载过一些漫画，每天按时更新从不间断。然而漫画连载到了一大半反响也只是平平，点击率少得可怜，根本无人问津。难得看到几个留言说是不错让她加油的，关晓宁就能开心好半天。

就这么画着，连载到了快结束关晓宁也想要放弃的时候，她在某天进入后台时突然发现自己的漫画下面竟然出现了一个精华长评。

里面细致地将她这部漫画的优缺点都点了出来，包括情节的构思、漫画人物的设计、细节部分以及色调的处理全都详尽地做了一个点评，还委婉地提出了自己的意见。长评的最后是一段让关晓宁看完就想感动到大哭的话：其实你的漫画画得很感人，最起码它让我一直看下去并且在短时间里不想看其他的漫画。不管怎样要坚持下去，我希望你能在漫画界开创出一个新的画风。

由于连载漫画的平台是和新浪合作的，所以关晓宁通过链接很容易便进入了这个名叫淡青的点评者的博客。然后她发现这个名叫淡青的博客里的博文并不多，图片也只有三四张，且大部分都是关于绘画类的知识内容。

抱着是同道中人的想法关晓宁加了他的博客，并发了个私信：你好，我是落在水里的小星星，上午看到你给我的长评啦，感动！

没过多久系统便提示：你和淡青已经成为好友。

然后那边就回了私信：没事，我只是比较喜欢你的漫画，好好画，加油！如果有什么困难的话可以找我。

自此以后，关晓宁倒也没和他客气，有什么漫画上不懂的或是遇到什么困惑都一股脑儿地私信给他，甚至于后来连一点鸡毛蒜皮的事也想着要和他说。

关晓宁记不得是从哪里看过一句诗，上面写着："与君初相识，犹如故人归"。用这句话来形容自己和淡青，她觉得最合适不过了。

在随后的一年里，淡青于她，既是帮她解惑的知心大哥哥又是可以随时吐槽的同道之人。在她意识到自己已经没法忍受一天不和他联系，知道自己喜欢上这个人的时候，淡青博客里的两张最近更新的图片却让她凉了满头的热情。

第一张图片里的男子身着浅青色条纹衬衫正俯身作画，气质清浅人淡如水墨画。

第二张仍然是正在作画的男子，不过镜头里却多了一个做鬼脸的女子。关晓宁看着图片里长得好像洋娃娃一样的女子，默默地删除了要发给他的私信。

在知道自己没那么喜欢他的时候，及早抽身方是最明智的选择。

之后她虽没有与淡青断绝联系，至少在某些与漫画相关的知识方面她仍然需要求助他，但再也不会每天事无大小都私信他了。

淡青似乎也发现了她的不对劲，问过一次，只是被关晓宁以找了工作在杂志社上班太忙为由避了过去。

直到那日她在论坛上无意间看到网友曝出的J君照片。

她知道，那就是他。

原来这几年里自己身边一直存在着一个大神自己竟然不知，关晓宁想笑可眼睛却难过地起了雾气。

晚上她下班打开电脑的时候，收到了他发过来的私信：J君抑或淡青，都是可以与你共话的人。

言下之意，他承认自己就是J君，著名漫画家J君。

看到这句话，关晓宁忽然想明白了，无论他是J君还是淡青，这么长时间与自己相处对话的人是他就好。

2008年7月，J君在苏州第一次办了签售会。知道这个消息时距他办签售会的时间不足两天，关晓宁忍不住发私信抱怨他为何不能提前透露点信息，害她差点要错过这次签售会。

那边私信回她：因为这场签售会并非我自己的意愿。

虽是如此，关晓宁仍然义无反顾地冒着牺牲全勤奖的危险向主管请了假，然后一大早就去了J君签售的地方。

等了大约三个小时终于看到了在工作人员簇拥下向大批漫

迷走过来的J君。关晓宁因为排在人龙的前面，所以她能清楚地看到J君的模样，甚至他微微皱眉时的神情。

身后有人感慨道："不愧是漫画界的男神，不仅画画得好，连容貌都是一等一的美，明明可以靠脸吃饭却偏偏选择了实力。"

关晓宁听后认真地点着头，身后的女孩子见她同意自己的观点更加感慨起来："见过J君后，叫我再怎么去看其他人！"

"他的确很帅！"关晓宁老实回道，不料却遭到了其他人的白眼："人家那是内外兼修好不？不能只关注皮相。"

……

签售会开始了，她看着排在自己前面的两个女孩上台时激动得好似步子都走不稳了，等到了台上J君朝她俩露出了公式化的微笑，好似在询问要在书上签什么，签完之后那两个女孩子好像幸福得随时都要爆掉。

轮到关晓宁时，她突然觉得连迈步这么简单的事对自己来说都极其困难，胸膛里那颗心脏好像随时都会跳出来，好不容易镇定地走到J君面前，她深深地吸了口气，然后朝他说了声"嗨"。

近距离地看J君，她发现真人远比照片还要好看，可是他的脸上依然挂着公式化的笑容，淡淡的，礼貌中带着无形的疏离。

"你要我在书上写什么话？"

电光石火之间，她脱口而出："就写无论是J君还是淡青，我都是与你共话的人吧！"

　　说完关晓宁迅速地低下了头，不敢去看他的表情。但她能感觉到对方在停顿了两三秒钟后执笔写话，写完后她仍旧低着头将书一拿就走，就像寻常内向的粉丝见到偶像后的害羞举动一样，抱着书迅速地往人群中跑去。

　　她怕再多待一秒，自己会因为喘不过气而窒息。

　　他一定认出了自己。

　　关晓宁打开刚刚还没有来得及看的签名书，发现扉页上面并不是她说的那句，而是用隽永刚毅的字体写着：你比我想象中的更美好。

　　落款是J君。

　　她顿时觉得自己幸福得快要死掉。

　　回去的时候她打开微博发现他在下午两点的时候给自己发了私信：为什么不抬头？

　　想了想，她一字一字按上：因为你太帅，我不敢看，怕看了误终身。

　　很快那边又回了私信：哪有那么夸张，只是皮相而已。

　　关晓宁看到这句话时忍不住对着屏幕翻了两个白眼，不然你把皮相换给我？

　　但是这句话自然是不能发出去的，于是她发了两个笑眯眯的表情。

　　J君迅速地又回了私信过来：对了，下个月我要去法国了，那边一个国际漫画展览会邀请了我。

关晓宁开心地回复道：那是好事啊！话说你什么时候回来呢？

过了好久那边才回复道：也许不回来了。

她抱着手机突然愣在了那里。事后她才知道，原来J君的父亲是法国人，J君此去便是与父母团圆长居了。事发如此突然，以至于关晓宁只能阿Q地想着怪不得J君的五官这么深刻，鼻梁这么挺。她当初看到他的眸子是浅蓝色的时候还以为他戴了美瞳呢！不过幸好他大部分长得还是像妈妈，嗯，还是像中国人多点！能生出像J君这种优良品种的妈妈，一定也是个绝代佳人……

临走的前一日，J君在微博上私信了她，说是希望在走时能和她见上一面。可是关晓宁当时不知道哪根筋搭错了竟然拒绝了他的这个要求，还特别文艺地说了一句："相见不如怀念"。

因为拒绝了这个要求，关晓宁至今都懊悔不已，恨不得抽自己几个耳光。人家明明都和她说了照片里的人是他的妹妹，真不晓得自己还矫情个什么劲儿……

J君走后也曾在漫画界引起过一阵不小的反响，不过江山代有才人出，没过多久又出现了其他的漫画师，他很快就被其他的漫画师所替代，渐渐地淡出大家的记忆……

只是关晓宁一直记挂着那人。

2015年4月22日，她乘上了一架从无锡飞向法国巴黎的飞机。

有人等着，那便不会惜迟。如果暂时没遇到，也没什么关系，总有人会等你，也许重逢，也许相遇。

心有暗涌，奈何词不达意

在路过你之后的人生中，我走过许多路、遇到过许多人，你却是我清晰记得的唯一。旧日的时光是默片，是洗白的衣服，岁月的洪流匆匆而过，对我而言，你是如此难以忘记。你微笑时眉眼舒展的模样，雨天撑伞路过街角旧书店的背影，浮浮沉沉，驻我心底。

1

2014年的下半年，在很多人以拥有一台金光闪闪的iPhone6为荣的时候，季冉宁在琢磨着如何挣钱去买一个OPPO N3。

这是她第一次对手机产生如此强烈的欲望。引起季冉宁欲望的缘由其实很简单——某天她和闺密关芷舒出游拍照时，闺密拿出一台自动翻转摄像头的手机，轻轻一按，便出现了许多张美到可以与画报相媲美的照片。其中一张将她拍得肤若凝脂，瞳似秋水。

当时季冉宁指着手机里的那个人傻傻地问关芷舒："这是我吗？"关芷舒没好气地给了她两个白眼，"不是你，难不成还是我？"

"我也知道照片上的人是自己，可是我从来没发现自己有这么好看过啊！"虽说现在美图、PS软件的效果惊人，可是她刚刚也没有发现关芷舒修图啊。

紧接着一路上季冉宁都碎碎念着，连带着帮闺密拍照都不怎么用心，满心想着一定要攒钱去买一个这样的手机神器。

不久季冉宁去找了份兼职，做英语家教。

"喂，你以前做学生的时候是不是就很听老师的话啊。"那个叫宋柏溪的孩子咬着笔杆问她。

季冉宁一边批改着英语试卷，一边嗯了声，心里感慨这家伙成绩分明很好，根本用不着请家教的啊！

瞧瞧，这张卷子只因一个单词没有大写错了一分，其余全部正确。

"就像一只哈巴狗那样听话？"宋柏溪摆弄着季冉宁的手机，神情不屑且带有嘲弄地问。季冉宁听到这句话时错愕地回了下头看了看他。

季冉宁忍住了想要将他提起来暴打一顿的念头，淡定从容地从他手上拿过自己的手机，发现界面上显示着一条未读信息：季冉宁，下午帮我去拿下快递。

发送人是她的班主任。

哦，这次是班主任，不是辅导员也不是其他老师。

嗯，这次是拿快递，不是去买饭也不是去送东西。

她迅速地回复了两个字："好的"，随后放下手机，继续看着手中的试卷。

"还真是只有奴性的哈巴狗！"那孩子道。

季冉宁深吸了口气，朝他微笑："这次试卷做得不错，除了有一题因粗心没有大写首字母外，其他都没有错误。不过里面有几道重点题还是得讲一下……"

听到她不紧不慢、不愠不怒的回答，那孩子投来意料之中的不明显但仍然可以察觉到的诧异目光，季冉宁得意地挑起眉毛，心想：小屁孩，你老师我可是有足够定力的，几句话就想惹火我、炒我鱿鱼，可不是一件简单的事！

2

当季冉宁正庆幸着从人山人海的超市顺利拿到快递并成功挤出时，一个电话将她近乎沸点的心情直接拉至冰点。

打电话的人是宋柏溪的妈妈，她客气温柔地告诉季冉宁，在这次月考中，宋柏溪的英语考了47分，总分是120分。

这个电话让季冉宁一下子陷入了不解与惶恐的状态。不解的是打死她都不会相信宋柏溪会考出这么烂的成绩，惶恐的是请了家教考出的分数还是这般，那么自己这个家教老师自然是没有存在的必要了。

不过有一点她很怀疑，考出这个分数，宋柏溪是故意的。

"你是故意的对不对？"季冉宁指着卷子上的分数笑眯眯地问他，对，笑眯眯地。不等他回答她又自言自语道："不对不对，哪有人故意考不好，拿自己的成绩和前途取乐，那简直和猪一样蠢……不对，猪是很聪明的动物，应该是连猪都不如。"

在看到这孩子气的脸都涨成猪肝色之际，季冉宁适时停下来，故意以一种特别愧疚的神态对他道："柏溪同学，是我不好。没有想到你是选择性智力障碍，时而聪明时而蠢笨。也真是难为你了。"

"季冉宁你够了，给我闭嘴！"

哎呀，这十五岁的小屁孩竟敢对自己发火，要是忍下来，那她这老师也太没尊严了。

"你成绩差、脑子笨我可以理解，这是先天性的没有办法。不过你欠缺素养却是后天问题，竟然直呼老师名字，还故意以低成绩浪费别人的劳动成果，看来你是根本不懂得尊师重道的。"

也许是习惯了季冉宁一直温柔和气的态度，如今她不过是稍微提高了嗓门摆出一副怒火中烧的模样来，这小孩便收敛了以往吊儿郎当不屑一顾的态度，端正地看着季冉宁，然后做出一副乖乖受训的样子。可惜，季冉宁刚暗自偷乐不到两分钟，这厮竟然又重返常态，留着她一人唱独角戏。

她一直给自己催眠说要忍，要忍！可是，这真的没法忍。

"宋柏溪同学，你就实话和我说了吧，你是不是特讨厌我，所以很想让你妈妈炒我鱿鱼？"

然而当事人只是抬了抬眼皮，撇出一句："你也不是很笨嘛，还说对了一半。"

一半？

季冉宁故意试探地问他："难道你喜欢我？不过因为知道师生恋不好所以想让你妈妈炒了我鱿鱼，这样你就可以光明正大地喜欢我？"

看到宋柏溪双颊霎时涨红，仿佛吃了某犬类排泄物一样的神情，季冉宁思索着自己这番话也不算惊世骇俗，怎么会让他露出这般神态。

于是她做出百思不得其解的样子，再次试探着问："难不成被我猜中了心思？你脸皮薄所以恼羞成怒？"

不待她噼里啪啦地将话说完，宋柏溪好似忍无可忍，猛地冲出了房间，重重地摔门而去。

季冉宁看着那扇无辜被摔的门暗暗发笑。

小屁孩，跟我斗？你还太嫩了点！

你当我不知道你那点花花肠子？故意考不好是为了引起父母的注意，看我好欺负所以尽情欺负。

其实季冉宁也知道宋柏溪不喜欢自己，但也绝对不至于想让他母亲炒她鱿鱼。因为即使炒了季冉宁一个，还会有后来人。

3

老天证明，她季冉宁绝对不是一个贪心的人。原本只是想工作两个月把买手机的钱攒够就走，可没想到两个月竟然延长到了两年。原因都在于宋柏溪这孩子。

在季冉宁估算着两个月到了钱也攒得差不多准备辞职的时候，宋柏溪突来的一个举动生生地打破了她的如意算盘。

这孩子竟然在期中考试中英语考了年级第一名，这原本应该是值得高兴的事，可季冉宁却完全高兴不起来。事实上季冉宁以为他还会像上次那样故意考差，因为这样她辞职就能有充分的理由。

季冉宁甚至连辞职的台词都想好了："都怪我能力有限，没能提高宋柏溪的英语成绩，我感到十分内疚，也没有勇气再继续做他的家教老师……"。总而言之一句话：在下才疏学浅，请另请高明！

因为当时合约上写明说若非特殊情况在一年内季冉宁不得随意辞职，但对方却可以因为家教没有效果而辞退她。这摆明是霸王条款，不过因为当时满心想着攒够钱买手机，而这家人给季冉宁的报酬也的确能让她甘心接受这霸王条款。

可现在呢？

　　季冉宁看着手里的红包，这是除了工资之外宋柏溪的妈妈另外给自己的奖励，她捏在手里都觉得有愧。

　　"季冉宁，上次我考了倒数第一你不高兴，怎么这次考了第一你还板着张死人脸呢？"

　　闻言季冉宁立马堆起了笑容："怎么会呢？我是高兴得过了头，所以导致脸部肌肉有些僵硬。"

　　那小子一脸不信的模样，季冉宁也没有精神再去解释，如今她满脑子想的都是怎样辞职。

　　突然想起一件事，于是季冉宁转头看向宋柏溪，这小孩正背对着季冉宁看着窗子发呆。季冉宁蓦地发现，从这个角度看过去，宋柏溪长得还真不错：皮肤白嫩，双眼修长。在自己看来很普通的白衬衫、牛仔裤倒是让他穿出了精致的味道。

　　窗户是开着的，阳光细碎得如金子一般随意铺洒在窗台和书桌上。偶尔有风，也是一小缕，轻柔得连书页都翻不起。

　　"季冉宁，我不喜欢你。"

　　"哦。"季冉宁早就知道他不喜欢自己。

　　"你又贪财又懦弱又虚伪。"

　　"不要诽谤我！"爱财之心人人有之，凭什么指责我一个人！懦弱？我那叫好脾气！虚伪？我那是为人热心和善！

　　"你是不是不希望我考好？上次我故意考不好你那么生气，我以为这次考好了你会很高兴，可是你一点都不在乎。"

　　"喔，搞了半天原来你是因为我没表扬你才生气啊！那我现在正式表扬你，宋柏溪同学，这次考得不错！"

"我才不需要这么虚伪的表扬！"没想到这小子听了季冉宁好不容易"发自内心"的表扬后竟然不屑地露个后脑勺给她。

"那好，我们来个实际点的，为庆祝你这次考了好成绩，我请你吃天底下最好吃的东西。"季冉宁甩了甩手中的红包，对着面露质疑的宋柏溪努了努嘴，"绝对让你吃了一顿还想着下一顿。"

季冉宁也想开了，再坚持一个月，这个月里对他实行放养政策，她就不信下个月这小子还考个年级第一出来。那时候自己再引咎辞职，对，就是这样！

"走，咱们现在就出去吃东西！"

4

他们去吃了牛肉汤，但当宋柏溪在初三市级模拟考试中以全市第二的成绩再让季冉宁请他吃东西时，季冉宁真的是欲哭无泪。倒不是心疼那两碗牛肉汤钱，而是季冉宁引咎辞职的算盘又落了空。

可想而知，当再次收到宋柏溪妈妈给自己封的红包时，季冉宁实在没有脸面再去提辞职的事。

当两碗色泽油亮的牛肉汤端上来时，季冉宁做了一个重大的决定。

她迅速地从包里掏出新买的OPPOfind7手机调到拍照模式，

对着正在喝汤的宋柏溪猛地就是好几张连拍。

还没等这小子发脾气，季冉宁便动作迅速地收起手机笑眯眯地对他说："柏溪啊，直到你考上市重点高中为止，剩下来的这学期每次考试你只要考到年级前三，我就请你喝牛肉汤行不？"

季冉宁原以为他会不屑自己这小小的示好，毕竟牛肉汤才十块钱一碗。就算自己不请他，他如果想喝也是一件轻而易举的事。不料这家伙沉思了会儿竟然认真地点了点头，表示同意。

好，就冲着这个，季冉宁决定在他没考上市重点高中之前都不辞职！

话说，季冉宁瞧着自己碗里的牛肉再瞧瞧他碗里的牛肉，突然不开心起来。

"老伯也真是偏心，凭什么你的牛肉比我的多。"季冉宁的碗里就剩香菜叶子了，而他的碗里，还有好几大片牛肉！

随后，季冉宁的碗里多了好几块红亮的牛肉片。

这小子，还挺懂尊师重道的呢！季冉宁满意地嚼着牛肉，不住地点头。

2015年7月，宋柏溪不负众望，以全市第一的成绩考上了明德高中。知道这个消息时，季冉宁在电话里长长地舒了口气，不光是为他高兴，还想着这下子终于可以功成身退了。

没过多久宋柏溪的妈妈打电话邀请她去参加他的庆功会，

她本着不再多事、拿了工资就闪人的想法欲委婉推辞，不料电话里突然传来一个冷漠倔强的声音："她不来我就不去了。"

这小孩，临走还不忘摆她一道。

庆功宴那天，季冉宁一遍又一遍地在心底提醒自己要多吃东西、少说话，尽力让自己像灰尘一样不起眼，最后果真肚皮滚圆地回来。

对了，还喝了不少的酒。提起这事就有点生气，平时也不觉得宋柏溪有多喜欢她，结果他那天竟然当着那么多客人的面，说考上明德一半的功劳都要归功于她季冉宁，将季冉宁吹嘘得飘飘然，搞得所有人都以为她季冉宁有多大神通似的，纷纷来敬她酒，甚至于还有人提出让她帮他们家小孩做家教老师……

5

大学毕业后没多久，季冉宁成了B市一名高中英语老师，巧的是刚好在宋柏溪考上的那所高中，不过季冉宁倒是没想过要再教他英语。因为季冉宁教的是高二，而她没猜错的话，宋柏溪今年刚好是高三。

所以当她走进教室里深吸一口气打算来个气质型的自我介绍时，却听到一声嗤笑。季冉宁立刻用眼波在底下坐着的学生中扫描，最后扫描到其中一个人时被吓得不轻。

底下坐着的那位穿着白色棒球服一脸傲娇地看着她的，不是宋柏溪又是谁?

下课后没等季冉宁问,这家伙就找上了季冉宁,自发主动解释说是因为高二期末考试成绩太差所以打算再读一年。

季冉宁用怀疑的目光看着这家伙,宋柏溪几斤几两季冉宁还是清楚的,就算明德高中高手如云,他的成绩没理由会这样差,除非他又故伎重施。对,肯定是这样!

季冉宁刚想开口教导他,不料他却理所当然道:"季冉宁,以后你周末还继续做我的家教老师吧,工资绝对比学校开给你的多。"

6

宋柏溪的博客里有一段话,被人转发了二十四次。

"在路过你之后的人生中,我走过许多路,遇到过许多人,你却是我清晰记得的唯一。旧日的时光是默片,是洗白的衣服,岁月的洪流匆匆而过,对我而言,你是如此难以忘记。你微笑时眉眼舒展的模样,雨天撑伞路过街角旧书店的背影,浮浮沉沉,驻我心底。"

你心有暗涌,奈何总词不达意!你不说,我又怎么会知道?

爱上鹤立鸡群的少年

在如今这个物欲横流，真心和真情都纷纷罕见的情况下，遇到一个你喜欢他，他又正好喜欢你的人谈何容易？更何况是这么完美的仙鹤，她想自己做梦都应该笑出来。

不过既然遇上了那便是属于两个人的幸福了。

1

季冉宁第一次见到顾长君的时候，是在一家叫忆秦园的无锡百年馄饨店里。当时她瞧着那宛如长蛇一般的队伍正决定打退堂鼓离开，却在转身之际不经意间瞥见了一个服务生美少年。

就是因为这惊鸿一瞥，季冉宁决定立刻去充当那"长蛇"的蛇尾。

在她肚皮快要饿成一张纸的时候，之前点的蟹黄小馄饨终于被人端了上来，可是很不巧，端馄饨的服务生并不是她心心念念、自进店起眼光就一直没离开过的那个美少年。

不怪季冉宁花痴，因为在那群身高平均一米七五左右的男服务生里，顾长君一米九五以上的身高怎么能不引人注意。更让人花痴的是，他不仅有着身高优势，连相貌都是一等一的精致。季冉宁一边瞄着一边啧啧赞叹：这些服务生真可怜，完全是在用生命来充当绿叶，烘托他这朵瑰丽"红花"，或者更贴切点，应该叫花树。

可转念一想这比喻还是太俗气，电光石火之间，季冉宁的脑海中突然浮现四个金光闪闪的大字：鹤立鸡群。看着虽然都是穿着白色工作服但却以容貌和身高优势将众人与自己的差距无限拉大的顾长君，季冉宁无比坚信：没错，就是鹤立鸡群。甚至于，就连那端盘子的手，也是好看至极。可想而知，当这个完美到人神共愤的美少年却在为一位大叔服务时，季冉宁是有多不平、多愤懑、多替他委屈！

于是她一脸怨妇样地看着隔壁桌占用资源的大叔，那个她满心期盼能近距离接触的美少年正在帮他将面端上桌子。

季冉宁一边舀着馄饨，一边继续用眼角的余光偷偷地追寻着美少年的身影。一场小小的惨剧发生了，因为一心两用，所以造成的"事故"是一人两伤：烫伤、咬伤。

接过旁边人递过来的餐巾纸，季冉宁暗暗想着，难怪书上总说红颜祸水，古人诚不欺我。自然而然，因为长得好看，顾长君也被季冉宁暂时忽略性别，归类到红颜之列。

2

其实出了门之后她就后悔不迭，就算自己胆小脸皮薄不好意思问人家名字，好歹也应该偷偷拍几张照片留着啊。

季冉宁走在路上回味着帅哥的同时，也暗自感慨那家店也真是聪明。虽然号称是百年老店，还上过央视近段时间热播的美食栏目《舌尖上的中国》，但是那平均都贵过一般店里三倍的价格也会令人望而却步。所以店主应该想出了美男计，以美男来诱惑顾客，从而达到营业额增长的目的，真是聪明啊！

回想方才店里绝大多数都是女顾客的情景，季冉宁越发觉得自己分析得有道理，于是对那群被男色诱惑的女顾客不由得产生了怒其不争的想法，却忘了，自己也是其中的一员。

满脑子都是之前那家忆秦园里的美少年，因此连带着给宋柏溪辅导英语的时候她都不怎么上心。宋柏溪一边做着英语练习题，一边侧着脸看着不时扼腕叹息、挑眉瞪眼、嘿嘿傻笑的季冉宁，终于问出了口："季冉宁，你中午吃了药没？"

"药，什么药？我没吃啊，中午我吃的馄饨。"沉浸在自己世界里的季冉宁冷不防被这么一问，本能地诚实回答，不过她很快就反应过来那小子是在嘲讽自己，于是没好气道："我好端端的干吗要吃药！"

"那你干吗一副脑袋被驴踢过的傻样？"

······

近四个月的家教经历告诉季冉宁，虽然凭她的口才能扳回一局，不过考虑到与一个正处于青春叛逆期、看谁都不爽的小毛孩争斗是一件毫无意义的事，便适时闭上了嘴，笑眯眯地指着桌上的练习题，示意他乖乖做题。

不过，她是不是应该再去看看那个美少年？

于是在批改宋柏溪做的试卷后，季冉宁决定实施她的"大计"。她对着宋柏溪堆出满脸的笑意，一副努力为他着想的样子："柏溪啊，我想你这次月考应该稳稳地排在年级前三名吧？"

意料之中地受到了宋柏溪鄙视的白眼："有话直说。"

"我不是和你约定说，只要你每次考试在年级前三名就请你喝牛肉汤的嘛，我想着总喝牛肉汤也没意思，所以这次咱们换换口味。"顿了顿，她又说道，"我发现了一家特别好吃的馄饨店，还上过央视的《舌尖上的中国》哦，我保证你吃了这顿还想着下一顿！"

"你上次说牛肉汤时也是类似的话。"

3

"你带我来是不是了为了满足自己的私欲？"

听了宋柏溪的这句话，季冉宁惊慌得差点被自己嘴里的馄饨给噎死："瞎，瞎说什么呢。好好吃你的小笼包。哼，比我的馄饨还贵，真不知道给我省钱！"

"如果不是，那为什么你从进了店之后就一直盯着那个男的看，还妄想煽动我去问他名字。美其名曰是为了让我换换口味，实际上就是为了满足自己的花痴欲望。"

心中所想被人一语道破不是不尴尬，可是她不想这次也无功而返，于是厚着脸皮向他承认："对，我就是犯花痴。人家又高又帅，我花痴也是正常的嘛。你看看，这店里一大半的女孩子，我敢打赌她们都是冲着这帅哥才来的，所以花痴也不缺我一个嘛。"

看着宋柏溪一副无比嫌弃的鄙视神情，季冉宁索性豁了出去，"只要你帮我问到名字，我就答应你一个我力所能及的要求。"

深深地看了她一眼后，宋柏溪起身，走到了柜台前。

这次来得很不凑巧，店里只剩下一张位于角落里的偏僻的座位，离柜台很远，所以此刻季冉宁根本不知道宋柏溪和美男说了些什么，只觉得方才他说后美男似乎有意无意地往她这里瞟了眼。

等到宋柏溪回到座位上，季冉宁立刻迫不及待地问他："他叫什么名字，你问个名字怎么问这么长时间？对了，你刚刚没说是我让你问的吧？"

结果这家伙不但没有立刻回答她的问题，还慢悠悠地夹起一个小笼包。没办法，季冉宁只能等他吃完再问。

慢吞吞地将一个蟹黄小笼包吃完后，这家伙终于肯回答她的问题了。

"他叫顾长君，三顾茅庐的顾，长短的长，君子的君。还有我顺便也帮你问了一下，他有女朋友了。"

季冉宁还在琢磨着美男的名字，这时听到后半句，立刻想到刚才美男朝她这边看了一眼的事情，顿时一股说不清道不明类似于羞耻的感觉涌上心头。

"我只不过让你问个名字而已，谁让你多事问他有没有女朋友的！"

"你让我问名字心里想的不就是这个，我索性帮你问了岂不省事。怎么，一听到人家有女朋友你就不高兴了，朝我发火？"

明明恼羞成怒该摔门而出的人还没起身，这小子倒是先发起脾气走了，季冉宁也不知道他是生的哪门子气。

想到自己希望破灭，季冉宁的心情就低落了起来。其实她也没打算怎么样，就是觉得他好看，想多看看而已。结果宋柏溪连她这点念想都给破坏了，这叫她以后怎么好意思再去看美男？

秉着破罐子破摔的想法，也顾不得取景和拍的角度好不好，季冉宁索性拿起了手机对着顾长君就是一阵猛拍，拍完之后迅速地撤离这家店。

4

回来之后这小子一周都没给她好脸色，尽管季冉宁也不知道他生的是哪门子的气。后来她想了想，觉得肯定是因为与顾长君相比，这小子产生了自卑心。青春期的小孩子嘛，都有这种心理。

这样想着，季冉宁又觉得自己的确是有些罪过，在无形中打击了一个小孩子的自信心。于是她便越发地待宋柏溪温和，甚至有了点讨好的意味在里面，连带着很长时间都没有去忆秦园那家馄饨店了。

只是有时翻翻自己手机里的相册，又格外地想念那个帅哥。终于在某个星期六的中午她再次踏进了忆秦园。

照例是点了碗蟹黄馄饨，只是这次季冉宁没有像前两次那样没出息地盯着顾长君看，她在心底告诉自己：季冉宁你不要再看了，人家都有女朋友了。你来这里是为了吃馄饨的，等馄饨端上来你就专心吃，吃完你就走。

然而这次倒是应了一句"无心插柳柳成荫"，端馄饨的服务员竟是她前两次心心念念、想要和他近距离接触观赏他的顾长君。

不过这次季冉宁倒是没有欣喜若狂的感觉，只是一直低着头玩手机，等他把汤匙放到馄饨里时才装作不经意地道了声谢谢，却在不经意间听到他低笑道："这次吃馄饨可得专心一点，不要被烫到，也不要被咬到。"

霎时她的脸红得好似要滴出血来，她尴尬且不解地抬头看向顾长君，第一次吃馄饨的糗事他怎么知道？

像是看透她的心里所想，顾长君微笑着解释道："因为当时你一边用手对着嘴巴轻扇着风，一边用面巾纸擦拭着嘴唇，而那面巾纸上，有一点点的血迹。"

天啊，隔着那么远还能看到血迹，难不成他是千里眼？

还不等她问出，他又补充道："你走后是我帮你收拾的桌子，无意间看到的。"

哦，原来是这样。不过，他和自己说这些做什么？想她季冉宁都这么大人了，又不是不会吃馄饨，第一次出意外只不过是因为沉迷于美色而已。哼，这次绝对不会了。

"对了，第二次和你一起来的男孩没有来？"顾长君无意间问道。

一提起宋柏溪，季冉宁立刻想起了当日这小子给她造成的难堪，立刻恶狠狠道："他生病了。"

"生病了？"

"嗯，脑袋被驴踢坏了，正在家休养生息。"说完之后她才想起现在是在店里，在顾长君的面前，自己竟然这样肆无忌惮地诅咒别人，大概他会认为她是个恶毒的女人吧。算了，就算留个坏印象又怎么样，反正人家有女朋友了。

"呵呵，真有意思。你们应该不是姐弟吧？我觉得长得不太像。他上次过来问我名字，还问我有没有女朋友，我以为是代你问的。"

"没错，我们不是姐弟，我是他的家教老师。上次也是我
让他问的，因为觉得要是我自己去问的话，也太不含蓄了。"

"然后呢？"

然后？

季冉宁一脸惊诧地看着他："什么然后？然后被告知你有
女朋友了啊。"

听完她的话，顾长君一副恍然大悟的样子，虽然季冉宁不
知道他为什么会恍然大悟，不过很快就知道了缘由。

当时顾长君告诉宋柏溪的是他没有女朋友。

这小子竟然敢欺上瞒下，真是可恶。

5

几个月后自然是季冉宁成功拐得这只完美的仙鹤归。

因为这事，宋柏溪整整一个月没和她说话，当然她也没给
他好脸色。是他有错在先，害自己差点错失一段好姻缘，还敢
摆大少爷脾气，真是过分。

季冉宁一直很好奇像顾长君这样无论是外貌还是气质看起
来都不应该是服务生的人（当然她不是有职业歧视），怎么会
屈身做一个服务员？虽然这家店看起来很不错。

后来在季冉宁的追问之下顾长君才告诉她，他在这里是为
了写文章取材，他实习所在的出版社前几个月让他写一部关于

江南传统美食的集子，于是他刚好可以一边兼职一边取材。

"可是取材要取一学期吗？"

这时他才不好意思地告诉季冉宁本来是只打算做一个月服务生的，因为她的出现，让他觉得做两个月甚至更长时间也行。

季冉宁故作高傲道："你那是对我一见钟情。"

"嗯！"季冉宁本是随口说说，没想到顾长君竟然坦然承认，心里不由得乐开了花。

在如今这个物欲横流，真心和真情都纷纷罕见的情况下，遇到一个你喜欢他，他又喜欢你的人谈何容易？更何况是这么完美的仙鹤，季冉宁想她做梦都应该笑出来。

不过既然遇上了那便是属于两个人的幸福了。

爱不爱都没关系，其实早知道结局

如果时光可以倒回，他想回到十五岁，在那个穿着嫩蓝色针织衫、深色牛仔裤、扎着马尾的女人向他做自我介绍的时候，就直接明白地告诉她："我不想要你做我的老师。"可是十五岁的少年没有，他只是抬了抬覆盖着长睫毛的眼皮，漫不经心地应了声："知道了。"

大家都以为少年得志如宋柏溪，自是没有什么可以烦恼遗憾。可不是，学生时代成绩优异，他毫不费力地就考上了国人眼中的高等学府；随后在大学期间又被美国斯坦福录取，顺理成章地读博；毕业后拒绝了华尔街一家赫赫有名的风投公司递出的橄榄枝回国发展，并在短短两年内建立了自己的商业公司且小有名气。

我曾经问他，如此志得意满，人生应该没有什么遗憾了吧？

当时在茶馆里，面容俊朗五官深刻的男子端起了高脚酒杯朝我微笑，房间里熏香袅袅。

宋柏溪说："有，我爱了十二年的人嫁给了别人，婚礼上我是伴郎。"

他曾经很喜欢一个人。可以这么说，从十五岁到现在，他仍然喜欢她，或者说是爱着她，只是她有喜欢的人，并且从未考虑过他。他在这期间和她告白过无数次，只是每次都被她拒绝，最搞笑的是每次拒绝他时，她还拿出一副老师教育学生时语重心长的模样来。

对，她原本就是他的老师，他十五岁时她是他的家教老师，他十八岁时她是他的高中英语老师。她就是前文所提到的季冉宁。

他犹记得那是一个下雨天，母亲领着她到书房的时候，他在将前一任家教老师布置的英语测试卷折成了纸飞机扔出去，门打开，她进来。

与前几任家教老师相比，她并不是很漂亮。甚至于，她从来都不穿裙子，也不做头发和化妆，永远是一副素面朝天的样子，扎着马尾，普通的针织衫搭配着牛仔裤，那牛仔裤通常还是深色的，连一个代表时尚的破洞都没有。

她是一名在读的大三学生，啰唆、懦弱，还虚伪，有些事明明不想去做却会装作喜欢做的样子，有时候被他惹毛明明很想揍他一顿却还要装作一副温柔的样子。

可是自己偏偏就是喜欢上了这么一个不漂亮且缺点多过优点的人，甚至一喜欢就是好多年。从15岁到28岁，从少年到现在。甚至，他还昏了头，从国外千里迢迢赶回来，就只是为了答应做她婚礼上的伴郎。

听起来他多么像一个可笑的傻子，可是他做这个傻子，一做就是好多年，并且心甘情愿。

对了，她除了上述那些缺点之外还很贪吃和花痴。

记得她担任自己英语家教老师，自己第一次考了年级第一的时候，她高兴得不得了，一整天脸上都带着那种好像花两块钱买彩票却中了几百万的欣喜笑容。不过就是个考试也值得她高兴成那样？看着她脸上一整天都没退下的笑容，他暗暗想，为了她以后的脸着想，自己下次还是考少点吧，不然照她这副样子下去，年纪轻轻脸上非得长满笑纹不可。她本来就不是特别好看的美女，如果再加上满脸皱纹那更是没人要了。

可是在她兴冲冲地带着自己去喝牛肉汤的时候，他忽然又改变了主意，下次还是继续考好吧，让她多开心也好，反正皱纹多了他也不会嫌弃的，最多自己以后就勉为其难地收了她好啦。话说她还真的是个会吃的吃货，这家牛肉汤店地理位置那么偏，招牌那么小，去时店里根本就没有几人光顾，可是就算这样也能被她找到。

他见到那些破旧的好像几年都没有换过的设施，根本就不愿意在这里吃。他心里想着，她真是吝啬，明明母亲给了她额外的五百块钱作为奖励，她只请自己吃这个作为奖励。

可是当看到端上来分量十足的大碗牛肉汤，上面漂着红亮大片的牛肉和嚼到嘴里口感十足的红薯粉丝时，他忽然就明白，其实她喜欢这家牛肉汤并不是没有缘由的。

她是个肉食动物，明明两人碗里的牛肉片分量相差无几，可是她却在迅速地吃完了所有的牛肉后觍着脸皮说老板偏心，给自己的肉少，给他的肉多。事实上明明是她自己在牛肉汤一端上来的时候，就迅速地如残风过境般将牛肉一扫而空，吃光了还眼巴巴地看着他碗里的，对着那几块牛肉虎视眈眈。

他索性不点破，直接将碗里的牛肉夹到她的碗里。接下来她便高兴得跟捡了大便宜似的，连连夸他是个好孩子，还承诺以后绝对会常常请他喝牛肉汤。

那一刻他听见自己的心急速跳动了好几下，但却以毫不在乎且嫌弃的笑容来掩饰因欢喜和紧张而涨红的脸颊。

在这之前的一次考试里，他故意考不好想借此逼出她掩藏在温柔面具下的虚伪，不料却差点暴露了自己的秘密。

那日她果真发了火，可是这火发了不到半小时，她忽然无厘头地对他说道："难道你喜欢我，不过因为知道师生恋不好，所以想让你妈妈炒了我鱿鱼这样你就可以光明正大地喜欢我？"上天做证他真的没有这样想过，可是却在听到她说"喜欢"两字时不争气地红了脸。

他自己晓得，那并不是诡计没能得逞的气愤，那是秘密被揭穿时的恼羞成怒以及不安的惶恐。

他和自己说，既然喜欢人家，那就对她好点吧。可是他才十五岁，能对她怎么好呢？至多也只是每次她讲课时认真听一点，考试不再故意考不好，偶尔给她一些小东西、零食什么的，谁让她喜欢这些呢。虽然她每次都摆出一副无功不受禄的样子来，可是最后还是开心地将这些尽数收入囊中，那样子像极了电视广告里的包租婆。

在和她喝完这碗牛肉汤后，他终于确定，自己是喜欢上了这个女人，喜欢上了这个事后他才知道给他做家教，就是为了攒钱买一款智能美颜手机的可恶女人。当他知道她因为攒够了买手机的钱就想辞职不干抛下他的时候，他气到发狂，连带着好几天都不和她说话。偏偏这女人神经粗得很，他不和她说话，她就不会哄哄自己？甚至于她还在这几天里花痴般迷上了某个馄饨店里的服务员。

原本听到她说要请自己吃东西的时候，他面上虽然一副无所谓的样子，可心里却是很高兴的，他自作多情地以为这是在向他委婉示好的意思。

然而实际上根本不是，她只是为了满足自己的花痴欲望，请他来吃馄饨也只是为了让他去问那个服务员的名字，也许更想要个电话号码。

不能不承认，那一刻他连掐死身旁这个女人的心思都有了。她太蠢太笨，她什么都不知道。问那个服务员的名字时，他还私心地多问了一样。他希望那个服务员有女朋友。可惜那个长得快两米高的男生竟然笑眯眯地告诉他没有，并且在和他说话时还瞄了那个笨女人两眼，于是他更加生气了。

回到座位上，不知道为何他不由自主地骗了那个女人说人家有女朋友。那个笨女人听了之后果然像一个被霜打过的茄子一样蔫了，并且据他私下偷偷观察，后来她好久都没去过那家馄饨店。

考上明德高中的时候，他既有些高兴又有些难过，因为他知道她如今已经大学毕业，不可能继续给他做家教了。在那些见不到她的日子里，他的脾气暴躁了许多，经常发些无名怒火，导致原本就没有几个朋友的他人缘更差。不过那有什么关系，他才不在乎。

高二升高三的那个暑假前，他偶然知道她将会去明德任教，知道这个消息时他高兴得快要疯掉。后来知道她担任的是高二的英语老师，于是为了能继续做他的学生，他默默地拨通了那个因为外遇和母亲离婚，并一再表示想要补偿他的父亲的电话，直白地告诉他自己想要留级，并且就要留在明德高中高二15班，让他想办法。

后来他如愿地继续做着她的学生，虽然这次仍旧只有短短的两年，但是只要能够见到她，自己已经很满足。

上了大学后他间接、直接地向她表示过无数次自己喜欢她，可是每次她听后要么装傻听不懂，要么就故意摆出一副老师的模样来语重心长地教导他。

被斯坦福录取的那个暑假，他终于鼓起勇气向她正式告白，可是像往常一样，她听后故意瞪大眼睛做出一副惊讶的样子，接着又扬扬得意道："果然我的魅力无法挡，连以前讨厌我的学生如今都深深地迷恋上了我，搞不好我以后会成为明德的万人迷老师，也不知道财务部会不会因此多发点年终奖给我。"

学校财务部当然不会多发年终奖给她，他对她的感情也绝对不像她说的那样算是迷恋。他清楚地知道，那不是迷恋，那是喜欢。

当时去美国留学临登机的时候，他看着她送行时还忍不住挂了两行眼泪，心里高兴得不得了，以为她心里到底是有自己的，也许只是顾着师生名分不好意思说。他想着等自己读完博士，有了事业，那个时候再向她表白，应该是恰到好处。

可惜最终他只是空欢喜一场。

等到他博士读完并拒绝了华尔街一家赫赫有名的风投公司的总监一职后，在他一心只想着回国去找她的时候，他忽然被告知她要结婚了。

电话里她扬扬得意地告诉他，新郎他也认得，就是多年前她在馄饨店里对其扮花痴的那个服务员。哦，不对！人家现在是一个小有名气的青年作家。

她还在电话里和他说，你看我和我仙鹤男神最后还是在一起了吧！果然上天是舍不得拆散真爱的，所以呢，那些被拆散的情侣都不算是真爱。

他听了心如刀绞，可是在电话里却故意嗤笑她年纪都一大把了，还这么花痴真的很好吗？她听了也不反驳，反而一反常态笑呵呵地应和着他的话。对啊，年纪一大把了，幸亏还有人娶她，原本以为只能做剩女最后成为老姑婆一个人孤孤单单地过一辈子呢。

她结婚的时候他二十六岁，她三十二岁。

电话里她还厚颜无耻地提出想要他做伴郎的要求，约莫也知道不好意思，还特地许诺事后会给他一个丰厚的大红包。

他笑道，红包就不必了，你帮我物色一个佳人就好。

在听到这话后，她在电话里笑声更大。他听着那好似放下一块大石头的笑声，心里却清楚地明白，这一次，她是真的放心了。

婚礼上的她美丽得不似凡人，身旁站着俊朗挺拔如玉树的新郎官，两人看上去确实登对极了，台下宾客们赞不绝口，道是郎才女貌，天作之合。

他听了真心替她高兴，为自己感到悲哀。

这么多年的喜欢，终于有了个了结。那人给自己的拒绝理由是如此的简单明了，她甚至没有给他一点点努力的余地。

其实在她选择做他的家教老师时他就应该明白，穷尽此生，离她再近，他也只能是她的学生。

如果时光可以倒回，他想回到十五岁，在那个穿着嫩蓝色针织衫、深色牛仔裤扎着马尾的季冉宁向他做自我介绍的时候，就直接明白地告诉她："我不想要你做我的老师。"

可是十五岁的少年没有，他只是抬了抬覆盖着长睫毛的眼皮，漫不经心地应了声："知道了。"

后来他喜欢上了那个家教老师，不过她嫁给了自己喜欢的人。

《半生缘》里沈士钧有一段内心独白，他说，十四年了，日子过得真快，对中年以后的人来讲，十年八年好像是指缝间的事，可是对年轻人来说，三年五年就可以是一生一世。

其实爱不爱都没关系，我早知道结局。

好的爱情，
让你温柔

李碧华在写《青蛇》的时候，文章里有过这样一段话：每个男人，都希望他生命中有两个女人：白蛇和青蛇。同期的，相间的，点缀他荒芜的命运。——只是，当他得到白蛇，她渐渐成了朱门旁惨白的余灰，那青蛇，她却是树顶欲滴爽脆刮辣的嫩叶子。到他得到了青蛇，她反是百子柜中闷绿的山草药，而白蛇，抬尽了头方见天际飘飞柔情万缕新雪花。

李碧华在写《青蛇》的时候，文章里有过这样一段话：

每个男人，都希望他生命中有两个女人：白蛇和青蛇。同期的，相间的，点缀他荒芜的命运。——只是，当他得到白蛇，她渐渐成了朱门旁惨白的余灰，那青蛇，她却是树顶欲滴爽脆刮辣的嫩叶子。到他得到了青蛇，她反是百子柜中闷绿的山草药，而白蛇，抬尽了头方见天际飘飞柔情万缕新雪花。每个女人，也希望她生命中有两个男人：许仙与法海。是的，法海是用尽千方百计博得他偶一欢心的金漆神像，生世仁候，仰之弥高；许仙是依依挽手、细细画眉的美少年，给你讲最好听的话语来熨帖心灵。——但只因到手了，他没一句话说得准，没一个动作硬朗。万一法海肯臣服呢，又嫌他刚强怠慢，不解温柔，枉费心机。

这样看来，似乎世间饮食男女的爱情太过于逼近血淋淋的现实，尖酸刻薄地让人难以忍受，与之相比，诗经里"执子之手与子偕老"的美好承诺倒是成了一句漏洞百出的笑言。

现在都市的生活似乎笼罩着一种非常匆忙的气息，上班快，开车快，吃饭快，聊天快，就连爱情，也成了象征性的速食快餐——喜欢快，恋爱快，同居快，就连披上白纱在神父面前许诺与对方相爱一生一世的神圣婚礼，也被贴上快的标签，当然，这标签撕开得也快——离婚好像比结婚还快。

如此这般，你还敢相信爱情？

回答是肯定的，相信，我们当然要相信。

那些离过期日子极为接近的速食爱情，我们只需要静静地看着不与之接近沾染便可，然而那些在红尘岁月里荡涤尘土、洗尽铅华的纯挚深情，我们可以以一个信仰者、预备者的姿态深陷其中。因为，好的爱情，她会让你温柔。

我想起之前在给六年级学生上阅读课的时候，讲过一篇阅读短文，故事的主人公是一对年迈的夫妻。

老头子得了肺癌晚期，医院给老太太下达了病危通知书，她心如刀绞，忍不住坐在病床边偷偷掉眼泪。老头子看见了就叫她别伤心，他说："我呢，既不是神仙，也不是老妖怪，迟早都是死了要去见阎王爷的。我也想得通，活到这把年纪，该经历的咱也都经历了，值！剩余的日子呀，咱都当老天爷借给咱的，天天开开心心的，你也不要太伤心了。就是觉得我先走的话，怕没人照顾你。"

老太太听完，心里更难受了。她说："老头子，我心里一直觉得对不住你。当年我的相好回来找我时，年轻的我还是太冲动，回家就准备收拾行李。结果，刚一进门就看见你在厨房给我熬汤。你对我说，'这段时间，你精神不好，我给你补补身子。'我悄悄地回到卧室哭了，当时呀，我心里就下定决心，不走了，这辈子都不走了。"

老头子捏了捏老太太的手说："老伴儿啊，你也别太自责了。一直都没告诉你，其实这件事我早就知道了，我还偷看了你俩的信件。"

老太太一脸诧异，老头子笑笑继续说道："那汤，是我知道你要走，所以想着给你熬最后一次，喝完你再走。你不吃饭不行，你晕车厉害。"

老太太听完，泪流满面，她大概没想到老头子用情如此之深。她握着老头子的手不停地说："我这辈子做得最对的一件事就是没有离开你，老头子。我知道，你才是我最值得托付一辈子的人。"

这篇故事讲完之后，我跟学生说，先不要看文章后面的题目，我们先就这篇短文单纯地谈一谈自己心里的感受。那些十二三岁的孩子们只是笑嘻嘻地问我："老师，这篇短文有那么感人吗？你也太多愁善感了吧，我们大家看你都快要哭了。"

的确，这些孩子还没历经世事，他们所知所想所要的，大约就如罗大佑在《童年》中的唱词一般，而我妄想他们能感受到文章中的如斯深情，却是过于急切。后来有一位小姑娘惴惴不安地举起了手，我以为她要说感受，便很高兴地让她站起来回答。谁知她只是提了一个叫我只能沉默的问题，她问我："老师，那里面的老爷爷的病好了吗？"

她还清楚地记着文章的一开头，老头子是生了病的，只是她似乎不明白肺癌晚期是个什么样的概念。作为一个成年人，我当然知道这样的字眼意味着什么，可是话到嘴边硬是被舌头压制住，说不出口。

我未说出口，却自然不乏聪颖早慧的学生来帮她解决疑惑，知道结局的小姑娘于是沉默了。下课收拾课本的时候，我竟无意间看到她在揉眼睛。那姿势，却是与我在厨房里悄悄流泪的母亲一模一样。

我叫了她出去，在办公室的隔间里她告诉我："既然老爷爷和老奶奶那么喜欢对方，老爷爷生病死了，老奶奶该有多伤心。"我未想到的生死后结局，一个十二岁的小姑娘却是在认真地惦记着，替故事里的人伤心着。旁人也许是觉得可笑至极，可我却也跟着沉默难过。

当然，我还是会拿出一副老师的姿态安慰她，我说老奶奶肯定是会伤心的，不过她不会一直伤心，她知道老爷爷不会舍得她伤心，因此她也不会让老爷爷难过。我说这话时有些拗口，担心她听不懂，谁知这个小姑娘竟然理解无差，认真地点点头："那我就放心了。"

就是这一句"那我就放心了"，让我忍俊不禁，却也从此明白，对于爱情的理解其实并不关乎年龄和阅历，就像语文题没有标准答案，书后给出的也都注明仅供参考的字眼。我们仗着年龄的优势理解的，也并不比小孩子们更贴近事实，只是里面涵盖了人情冷暖和世故。

就像爱情，起初它只是一杯纯洁的、没有任何添加剂的新鲜牛奶，是我们在不停地往里面添加东西，添加嫉妒自私、无理取闹、俗气世故之后，成了一瓶外表无差，然而一旦被人品尝便会被全部吐出来的牛奶。添加相濡以沫，关怀照顾，善良宽容和理解，那便是一瓶上好的牛奶，这样的牛奶，入口醇香，品尝它的时候眼角眉梢会悄悄舒展，就连唇角都会情不自禁地翘起。

好的爱情，它会让你温柔，温柔自己的同时，也让旁人感受到这份温柔。

有生之年能遇见你

林夕的词最是蚀骨动人，缠绵悱恻之余亦是清冷孤寂的格外动人。填词到句句完美，直到唱的人动情，听的人流泪。

"有生之年能遇见你，竟花光我所有力气。"

1

有一年我去看望外婆的时候，她正戴着外公的老花镜坐在院子里给一件褐色的褂子绣几朵淡金色的祥云。

那阵子外公的身体不好，外婆不知在哪儿听说在衣服上绣上金色祥云便可以招得菩萨保佑驱除病魔，于是便在外公大大小小的衣物上都用淡金色的丝线绣了祥云。我曾听母亲笑说过这事，当时也是一笑以迷信置之，并未放在心上。时至今日亲眼看到，除了感动，别无其他。

"大盈子，你来了哇。"招呼完我她眯着眼又投入到了自己的事业之中。不过一边眯着眼睛在褂子上穿梭着祥云针脚，一边分出神来和我说话，告诉我外公最近心口总是生疼，不过诊所里的医生看过了说是没有太大的病，只要注意调养就好。外公疑心自己是癌，便打定主意不去医院，每日像往常一样开心地生活着，该跑步时跑步，吃好午饭后照例来个小麻将，晚上躺在暖融融的电热毯上看电视，一切与寻常无异，除了夜里疼痛时抑制不住地呻吟。

一心两用的后果便是那根银针刺透了她的指头，还没等我关心，外婆便将手指吮在嘴里吸去血珠而后连忙说："不碍事的,不碍事的。"接着立刻又绣起了祥云。"我原本啊，怕你外公嫌弃我自作主张，不过没想到你外公还喜欢得不得了呢！"她还说，外公可喜欢了，还告诉她，穿上这些她绣过祥云的衣服，早上跑步都越发精神抖擞呢！

我想那些祥云原本是没有魔力的，然而因为是外婆虔诚地绣出来的，因而它便有了温暖人心的魔力。

2

外公喜欢喝酒，可是由于那一阵子身体不适，被两个舅舅强行勒令禁酒。

禁酒令颁布执行的那两个月里，外公寝食难安，食不下咽。我曾亲眼看到外公像个稚龄孩子一般向外婆讨酒喝，甚至于连小酒杯都准备好了。菜吃得正热闹的时候，他突然眯着细长的眉眼，夹了块菜放进外婆的碗里，看着外婆开心娇嗔地吃完他夹的菜后在众人不注意时，小声地对外婆提出："秀针啊，我今天就喝一小杯酒行不？我保证只有一小杯，喝完绝对不会再要第二杯！"

禁不住他的再三央求，外婆终于松了口："只能喝一小杯。"

一小杯入喉，外公开始耍赖，要求喝第二杯、第三杯……但他这"不守诚信"的行为却惹怒了外婆，于是外婆将剩下来的酒全都赏给了舅舅姨父还有哥哥们，徒留一个空空的镂花瓶子让外公过过眼瘾。

于是外公委屈地向我们抱怨："你看看秀针，她当着你们的面还欺负我！"一反寻日里威严的气度，那模样，活脱脱像一个受了气的小媳妇，惹得大家哈哈大笑不止。

然而外婆不高兴了："我哪里欺负你了，你自己说说看，到底应不应该喝酒？身体是别人的还是自己的？"

外婆的话刚落下，他便小鸡啄米似的点头："还是秀针说得对，这酒的确不是个好东西，不喝也罢。"

可是我却看到，外公一边表态一边看向对面舅舅酒盅时的那羡慕加痛惜的神情。

再后来我假日里去看望他们时，外婆正在用一根粗壮的棍子挤捣大坛子里的杨梅，那时候外公被宣布说能喝酒了，她正在努力地照着网络上传播得非常火的一个教程试做自家酿梅子酒。

3

外婆七十大寿的前一周，外公做了一件在我看来浪漫到无可救药的事——他带着外婆去影楼拍了套写真。从现代化纯白的婚纱到古典新娘的凤冠霞帔，再到精神抖擞的中国唐装，无数个镜头印证了他们幸福的表情。

寿宴那一天，无数的亲朋好友翻看着他们的写真册子，每一个人都赞不绝口。

拍得当真是极好，男的英姿不减当年，眉目间不染尘霜，只是平添了仙风道骨。女的略施薄粉，还是明艳动人。

我好奇地问过外公，他怎么突然想起来带外婆去影楼拍婚纱照，他竟告诉我，现在电视上公交车上到处都是婚纱摄影的广告，看起来似乎真的很不错，于是想拍就拍咯，哪能管得了那么多。

对了，他还补充道："就是你外婆，一点都不大方，让她拍个照还扭扭捏捏。化个妆不挺漂亮的嘛，还总说自己年纪大了化妆就像老妖精了，又没人规定说只有年轻人才能化妆拍写真，你说是吧？"

4

前天和母亲一起去看望外婆的时候，外婆告诉我说华哥哥（她的孙子）因为她爽约不去苏州的事生了两个月的气，连一个电话都没给她打。要知道在平时，最黏婆婆的哥哥一周至少是要与她通话两次的。

　　我问她，那你为什么答应了哥哥去苏州玩一段时间现在又反悔改口了呢？她为难地告诉我，因为舍不得外公。

　　外公不喜欢出远门，不喜欢待在别人家过夜，甚至于外公还认床。

　　"你外公又不会烧饭做菜，他连洗衣服都不会。我要是去了苏州，他可怎么办？"

　　外公直言："离开了你外婆一天、两天，我还能接受。超过三天，那我没法生活了。"他说的是坦诚至极的实话，可是这极为寻常的实话却超乎情书般的动人。

　　他意指，离开了你我不能生存。

　　外婆自然不能让外公不能生存，如有可能，她希望自己和外公都能长命百岁相伴到老。

　　为此，外公还得意扬扬地对着一众亲友显摆过，外婆和他，是片刻都不能分离。

5

　　世间最动人的情话，往往都是在不经意间脱口而出。无须刻意地排练，甚至于也根本不用把握语音语调，你想说时，它便自然而然地脱口而出。

　　世间最动人的情事，也不必都轰轰烈烈。时间与我共在，世事变迁我在，你皱眉转身时我在。

　　有生之年能遇到你，竟花光我所有运气。可遇到你之后，世事皆是大欢喜。

其实爱情，你开口我才知道

沈漫琦看过一部电影，名字想不起来了，可是她却奇异般地记得里面主人公说的一句话："人生下来的时候都只有一半，为了找到另一半而在人世间行走。有的人幸运，很快就找到了。而有的人却要找一辈子。"

沈漫琦瞟了一眼刚刚几个低年级学妹塞给她的信，无奈地朝天翻了几个白眼。用脚指头想想也知道，这又是给顾惜迟那家伙的情书。

要不是看在和这家伙十几年的交情上，她才不会管这闲事。话说，她也不想管这事的，哪知道一开了头，大家就纷纷效仿。搞得后来自己活脱脱成了顾惜迟的专属信箱。所有爱慕顾惜迟的女生都知道有个叫沈漫琦的女生，是顾惜迟的好哥们儿，请她转交东西，绝对万无一失。

以前学校里女生请她转交信的时候还知道说一声拜托转交给顾惜迟，偶尔还能顺带收点小贿赂。可现在倒好，也不说明对象了，信往她手里一塞就跑，万一她误会是给自己的怎么办？

倒不是她沈漫琦自恋，而是这种事情真的发生过。通常请她转交东西的都是女生，结果在一次课间去厕所的路上，一个男生堵住了她并往她手里放了一封粉红色的信。

当时沈漫琦天真地没有往其他地方想，以为这信是给自己的，就很自然地当着对方的面打开信看表示尊重。谁料她刚打开信封就看到"亲爱的迟迟"几个字眼，这时，信突然被对方猛地抢了过去。

"你这人怎么这么没有素质，还当面偷看别人的信！"沈漫琦不敢置信地看向对方，"难道这信是给顾惜迟的？"

"当然是给顾惜迟的，难不成还是给你的？"当事者朝她狠狠地瞪了几眼，然后伴随着女气十足的"哼"字扬长而去。

事后沈漫琦想想，顾惜迟果真是美到一定境界，现在都男女通杀了。

最可恨的是这个美，不仅是貌美，连学习成绩和外在素质修养都是完美到极致。每每想到这里，沈漫琦就会朝着天空做横眉冷对状，怒斥苍天不公。

怪不得顾惜迟没什么朋友，长期和他待在一起，笼罩在这个人的阴影下，最后也只能落得一个孤家寡人的下场。想她沈漫琦，虽然不能说是沉鱼落雁，那也算是清秀佳人。成绩什么的，虽然不是出类拔萃但也好歹中上，性格也是温婉型，怎么想都符合女朋友的配置，可就是没有人发现出她这朵含苞欲放的小花。

原因只有一个，那就是因为她身边有着一个完美大神。由于大神的光芒过于万丈，所以连带着别人都不敢靠近她这个凡人了。

很多人羡慕她沈漫琦能和顾惜迟青梅竹马，不过其中冷暖也只有当事人能明白。每次看到大家对着自己露出羡慕的神情时，沈漫琦心里就有一个小人在大声嘶吼："你羡慕你来做他的青梅竹马啊，叫你也尝尝做个邮递员的滋味。"

曾经的自己太蠢，还为能够和这么优秀的人做好友沾沾自喜，时间长了就会想和他绝交。

尤其是他还将她当作傻子来逗。

"喏，顾惜迟这些又是给你的东西。每天都要我帮你接收，你又不给我开工资。"当她堆起笑意将东西双手奉上的时候，这家伙连半句感谢的意思都没有，就一个"哦"字，将她满满邀功的心思全部打落。

哦什么哦，一点点表示谢意的想法都没有。

于是沈漫琦下定了决心，清了清嗓子："顾惜迟，以后我不再帮你转送东西了。"

　　见他一副无所谓的样子，她又补上了一句："以后你不要和我一副很熟的样子。"就是下课不要和我说话，放学也不要和我一起走，不要总是抢我的饭吃。

　　"我和你很熟吗？"闻言沈漫琦仿佛整个人都像一个被霜打了的茄子，连头都没法抬起来。

　　见她一副快要崩溃的样子，顾惜迟才收起故意逗她的想法，像揉小狗一样揉了揉她的头发："好啦，这些东西不都是你自己帮我收的吗？我当面拒收，你说是不尊重人家。我将东西扔掉，你说是糟蹋人家心意。再说现在大家都是学生，哪有那么多闲工夫浪费在这上面。"说完便将饭盒里的红烧肉夹到了沈漫琦的碗里："你喜欢吃的肉，多吃点。"

　　沈漫琦一直惦念着顾惜迟家的阿姨烧的菜，尤其是红烧肉。等到她满心感动地吃着碗里的红烧肉时，便又听得他在一旁轻轻道："漫琦，本是同根生，相煎何太急。"

　　"我才不是和你同根生，我们又不是亲兄妹。"

　　"漫琦，我指的是你和碗里的红烧肉。"

　　总是这样，自己长得没他好看，成绩也不如他，就是连斗嘴，也斗不过他。

　　不过这次沈漫琦是下定了决心，不与他说话，也不和他一起吃饭，连带着放学也不坐他的车子，自己宁愿走路回去。

　　起初还有人让她帮忙转送给顾惜迟东西，不过经过她几次拒绝后，再也没有人找她帮忙了。还有顾惜迟，原以为她只是随口说说，耍耍小孩子脾气，在几次没有等到她却在回家的途中发现她和别的同学说说笑笑地走路回去时，终于意识到这次沈漫琦不只是说说而已。

这场在沈漫琦看来是人格的捍卫而在顾惜迟看来却是莫名其妙的冷战持续了好几周，终于因为一件事打破。

沈漫琦和班上一个男生谈恋爱，然后在茶餐厅里约会的时候被顾惜迟撞见。顾惜迟毫不客气地就将这件事告诉了沈漫琦的爸妈，于是沈漫琦的下场可想而知。

就是沈漫琦对着父母声泪俱下地发誓自己没有早恋，也挽救不了自己被扣掉的那两个月零花钱的事实。最惨的是当她指天发誓的时候，身为警察的沈爸从衣服口袋里掏出手机，默默地调出了那张足以证明她早恋的证据图片。茶餐厅里，沈漫琦一脸娇羞地倚在一个男生的肩膀上，由于拍摄照片的手机像素挺高，所以连带着她的面部表情都可以看得一清二楚。

"罪犯沈漫琦你对此还有什么话要辩解吗？"

罪犯沈漫琦默默地低下了头。

想都不用想就知道告密者是谁，于是在吃过晚饭反省不到一个小时后，沈漫琦气势汹汹地去找告密者算账了。

当她长驱直入告密者的房间时，那个叛徒正在弯腰写毛笔字。

从她这个角度看过去，那少年白衣雪肤、眉眼精致、气质出尘。那一刻，像极了从书卷里走出来的魏晋名士。

她顿时觉得自己是个俗人，不应该踏足这名士的领域。

酝酿好的怒意顿时烟消云散，于是她自发地放轻脚步想要悄悄地退出去。

"不是想找我算账的吗？怎么就这么走了。"闻言方才想走的某人顿时重重地放下右脚，狠狠地踏在地上，做出一副怒发冲冠的样子，然后快步走到少年身边，顺带用鼻子"哼"了下以做到先声夺人。

"你不够义气，不仅不帮我保密还告诉我爸妈，这是小人行径。"

"我这是为你好，你现在是一名准高三生。如今你最重要的事情就是应该认真学习……"沈漫琦听了这话全身一个激灵，"妈呀，顾惜迟你是不是被我爸妈附身了，现在说的话不光一样，连语气都是相同的。"

"因为这是真理。"某人继续"苦口婆心"地对沈漫琦进行谆谆教导。

"那么最该接受这个真理的应该是你。哼，也不知道是谁每天招惹那么多桃花，还好意思教育我。"

"那些只是单方面的意愿，"顾惜迟目光灼灼地看着她，"况且，这些桃花是你给我招来的。"

早就知道不能和这家伙斗嘴，每次都以落败告终。

于是沈漫琦再次灰头土脸地退出战场，走到门前时就听得顾惜迟自言自语的声音："女孩子还是应该矜持点的好，也只有成色不好的才着急低价出售。"

其实沈漫琦知道顾惜迟只是毒舌地想刺激她而已，可是听到这句话时却忍不住想哭。

在茶餐厅里的男生叫关林，前几天向自己告白说是从高一就开始默默喜欢她，只是苦于她身边一直有个完美的顾惜迟所以一直不敢告诉她。如今顾惜迟不在她身边，不知道沈漫琦会不会给他这个机会。

当时自己是怎么回答的已经记不清了，只知道余光里似乎瞟到了一个熟悉的身影，于是便大脑失控一样回答了"好"字，答应了周六茶餐厅里的约会。

甚至在顾惜迟拍照的时候她也是知道的，于是还配合地做了个小鸟依人的姿势。

可是这又能怎么样呢?

顾惜迟还是不喜欢她，她还是只能做个帮他管理络绎不绝的桃花的好哥们儿。

"漫琦，你怎么了？"未料细心如顾惜迟，发现了沈漫琦的异状，刚想追问沈漫琦一溜烟就不见了踪影。

他想也许是自己的话重了，沈漫琦再怎么样也只是个女孩子。

只是他见不得她在别的男人面前做出一副小鸟依人的样子，因为不甘心，觉得不公平。

明明是自己和她认识得久，可每天被回应的也不过是一副女汉子的做派，凭什么短短时间里一个不如他的人却能让她露出他都未能感受过的一面？

也是，粗神经如沈漫琦，自己都表现得这么明显，可她还是没有察觉到自己喜欢她。

2015年的寒假，沈漫琦顺利地考上B大，终于被批准可以光明正大恋爱的沈漫琦坐在某人的车上，一边往嘴里丢着黑糖话梅，一边揽着某人的腰，厚颜无耻道："哎，顾惜迟你说你喜欢我也不早点告诉我。你也看到了我有多抢手，差点我就成了别人的女朋友。"

"我以为你会向我先表白，所以就一直等，等啊等，等到后来时机终于成熟了。"W大的校园里，一辆单车缓缓地前行着……

其实爱情，你开口，我才知道。

沈漫琦看过一部电影，名字想不起来了，可是她却奇异般地记得里面主人公说的一句话："人生下来的时候都只有一半，为了找到另一半而在人世间行走。有的人幸运，很快就找到了。而有的人却要找一辈子。"

因为你，我想变得更美好

玫瑰姑娘接过身旁男神递给她的保温杯喝了口茶，身旁男子抿嘴微微一笑："因为你当时只喜欢和我说话。"毫无疑问，那男生便是玫瑰姑娘口中的小林子，那个因为喜欢上他，所以让玫瑰姑娘想要变得优秀的少年。

1

玫瑰姑娘有一个美好的名字，可是却没有一个配得上它的容貌和身材。

一米五八的身高配上一百五十八斤的体重，怎么想，它都不会是一个让人愉悦的组合。

从幼儿园到高中，因为天生体质特殊，加上患有小儿单纯性肥胖症，所以玫瑰一直只能自卑地窝在角落里。

她想过走出角落，想过要和其他人交朋友，可是每当她鼓起好不容易积攒起的勇气时，现实总会给她狠狠一击。不需要太多的话语，只要一个闪躲嫌弃的眼神，玫瑰姑娘便能立刻理会别人说不出口的拒绝和疏离。

久而久之，她也就不再抱有幻想，开始固执地把自己关在角落里，决定再也不要傻乎乎地去把门打开，连窗户都不可以。

她以为只要待在那里面就不会受到伤害，也以为自己会永远待在那里。可是玫瑰姑娘没想到有一天，她会主动走出来。

让她走出来的那个人叫林嘉生，玫瑰姑娘在心底偷偷管他叫小林子。

这样叫着，仿佛自己就是《笑傲江湖》里那个人人喜欢的小师妹。

2

学生时代玫瑰姑娘最害怕的一件事，就是每次开学每个老师拿着花名册点名的时候。明明是一个最简单不过的举动，可是对于她来说，却是一种折磨。

每当老师读到这个名字时却发现入目处是一个与这名字毫无联系的她时，总是会在无意中流露出淡淡的失望。至于同学，那更不必说。

小的时候不懂事，回去总是怪父母给自己取了一个让自己一直被羞辱的名字。人长得丑，那就尽量让自己泯灭在角落里不要让大家注意。可是因为这个名字，玫瑰姑娘想泯灭在角落里都不可以。她甚至感觉在叫这个名字的时候大家向自己投来的目光，就像是在马戏团里看猴子表演时的那一种。

年年如此，岁岁如此，回回如此。

直到小林子出现。

高二文理分班后的第一天，当老师点到玫瑰姑娘的名字她小声叫"到"时，他回了个头。

斜仰着头，对着她眨着眼睛，好似小孩子邀功一样说道："我猜那名字就应该是你。看，我猜对了。"

玫瑰姑娘傻傻地看着他像黑曜石一样闪闪发亮的眸子，顿时脑子里一片空白，迅速地将脑袋伏在桌子上埋在臂弯里。

她知道自己当时这样的做法实在是蠢极了，可是除此之外，真的不晓得该怎么办。

除了爸妈，玫瑰姑娘和外人说话的次数也许两只手都能够数得过来，更何况他是一个男生。

大概是见玫瑰姑娘不理他，他自己也觉得没趣便很快地转过了头。

可是突然他又转了过来，那是一节数学课上，戴着一副厚厚镜片的数学老师在黑板上写下了几道题目，玫瑰姑娘刚演算好的草稿还没来得及重新誊写过程，便被前面的一双手猛地抽了过去。

玫瑰姑娘还来不及错愕，便听到数学老师点他的名字让他起来解题，他就带着她的草稿本上黑板去演算。等他回到座位还玫瑰姑娘作业本时，她才发现上面不知何时多了一朵简笔画玫瑰。

后来每次数学习题演算，玫瑰姑娘都会以最快的速度认真誊写好解题过程。以至于有时候数学老师经常说有些同学不要着急做题，先认真看题弄清题意，不要刻意追求速度。

她不是刻意追求速度，她只怕自己做得太慢，不能在小林子向后伸手的时候，及时将作业本递给他。

3

玫瑰姑娘在这个文科班里的进班学号是三号，尽管她的语文英语不是太突出，可数学却能够经常考满分。因着这个优势，每次大考小考虽然不能名列三甲，但也从未掉落过班级前五。

说实话，玫瑰姑娘以前从来没觉得数学好有什么了不起。她很羡慕那些随手就能写出一篇好文章的人，而数学，只是枯燥地在纸上演算一遍又一遍而已。

可是因为小林子，她没有一刻不像现在这样庆幸自己还算优秀的数学成绩。因为它让玫瑰姑娘觉得自己不再一无是处，而是一个被需要的人。

那段日子里是玫瑰姑娘最快乐的日子。

她盲目地迷恋着小林子的一切，自我催眠美化着他的一切，就像一个无可救药的超级粉丝，哪怕她明明知道事实上他并不是那么的完美。但那时玫瑰姑娘已经失去了理智，她觉得喜欢小林子已经到了无法自拔的程度。

不过自卑如她，是从来没有想过要小林子喜欢她的。

只不过，她开始希望自己能够配得上这份喜欢，她不希望自己的这份喜欢显得太过廉价。

她开始看更多的书，学习更多的东西。外貌没法改变，那是天生，可是她可以改变自己的气质修养。她开始努力尝试去和更多的人交谈，在这过程中，她意外地发现最好的交谈倾诉的伙伴是自己的外教老师。因为言语之间的沟通，她需要更多的口语准备和练习，无形之中她的英语成绩也获得了提高。除此之外，她还在周末假日里报了国画班和硬笔书法练习。

4

大学里见到玫瑰姑娘时，是在一次晚会上。那次晚会采用的是双语主持，玫瑰姑娘身着玫瑰色的旗袍在舞台上用标准的英语口音讲述着晚会台词。灯光下的玫瑰姑娘，真的好像一朵玫瑰花般娇艳动人，光彩夺目，让人完全没法将台上的她和从前的那个她判定为同一人。

然而事实上她们的确是同一个人。

晚会结束后我去找了玫瑰姑娘，赞美之余提出了自己的疑惑。到底她是如何蜕变成现在这个模样，或者说，现在这种状态？

　　玫瑰姑娘于是给我讲了上面这个故事，讲的过程中我注意到，其实玫瑰姑娘的声音非常好听，清脆之余，透着大气从容。可是以前，我从来没有注意到过。

　　"不是你没注意到过，而是因为我当时很少说话啊。"

　　玫瑰姑娘接过身旁男神递给她的保温杯喝了口茶，身旁男子抿嘴微微一笑："因为你当时只喜欢和我说话。"毫无疑问，那男生便是玫瑰姑娘口中的小林子，那个因为喜欢上他，所以让玫瑰姑娘想要变得优秀的少年。

　　安徒生童话里有篇故事叫《丑小鸭》，讲述一只丑小鸭历经艰苦，最终变成了白天鹅。玫瑰姑娘因为小林子，努力地从丑小鸭变成了白天鹅，让童话不再是童话。

5

　　也许并不是每段恋爱都能让人成长，可是我相信，为了爱情让自己变得更美好的人绝不在少数。这种人可以用上"明智"二字，在收获爱情的同时，还收获了一个更美好的自己。

我
不
要
思
念
你
，
我
要
紧
挨
着
你

我不要自己在世界上多么重要，从一开始，世界和我就是两件不同的事。看吧，那些我犯过的错都在保证：我将用我一生的细节珍爱你细节的一生，便是这世界背我而去，我也心满意足。我只请求一件事——我不要思念你，我要紧挨着你。

付亦涵觉得自己的人生观快要被眼前的这个一见面便开口问她是不是处女，随后说为了讲究情调两人可以只吃一碗砂锅米线，最后吃光还让她付钱的极品给颠覆了。

没错，她是大龄剩女滞销产品，可是再怎么也是一个女博士，也是有正经工作的人啊，怎么就摊上这么一个奇葩的相亲对象？

回到家里付亦涵觉得自己有必要和一个恨不得把自家女儿像水一样泼出去，病急乱投医的母亲大人好好谈一下。

"妈，我是你女儿是你怀胎十月从肚子里生下来的，而不是你去移动公司充话费满两百就送一个的啊！"听完自家女儿道完今日整个相亲过程的林莨女士，心虚地埋头绣着手中的十字绣，一改以往剽悍高调的女王作风。

但末了，林女士还是不死心地说道："这次是因为这个介绍人太不靠谱，下次咱们重新换一个啊。"听了此话，付亦涵顿时觉得眼前一黑，不见光明。

因为这件事，付亦涵还被远在美帝资本主义国家的陆向南狠狠地嘲笑了一顿，导致一向在陆向南面前趾高气昂的付亦涵第一次落了下风。

电脑屏幕那头的男子仍在幸灾乐祸地笑着，就算隔着屏幕，她都能清楚地看到那人堪比电视上牙膏广告明星还要白上一个度的牙齿，心里更是气极。

"笑什么笑，一点良心都没有，再笑我就立刻下线以后再也不理你。"如此有分量的话语落下来，才止住屏幕上男子根本停不下来的笑意。

随后陆向南突然发现刚才还对自己咬牙切齿一副小老虎要撕斗样子的某人，此刻在视屏里却露出了快要哭出来的模样，他立刻慌了。他习惯性地想要像小时候一样伸手摸摸她的头来安慰她却忘了自己与那人此刻根本不在同一个平面里。他伸出手触摸到的也只是冰冷的屏幕，而并非她温软的像果冻一样的脸蛋。

屏幕里的人仍在一声一声地抽泣着："凭什么啊,老娘虽然不是什么国色天香但好歹也没有丑到不能见人的地步吧,好歹高中时候还被评为过班花呢!"

他不禁好笑道:"如果我没记错,当初你进的是理科强化班吧,那班上貌似总共才5个女生。"

被戳穿"班花"真相的某人拿出面纸擦了两下鼻子小声辩解道:"那也是班花啊。"随后又接着道,"再说了,我有学历有工作有房子又不是要饭的流民,自己一个人就可以养活自己,为什么还要委屈自己摊上另外一个人。好像这世道,女人过了30还没嫁出去就是犯罪一样!"

说完觉得口渴了,于是她对着屏幕吩咐道:"你先坐这哈,我去客厅拿个苹果吃。"说完便走远了,屏幕里的男子一脸宠溺又无奈地看着这个找个苹果都义愤填膺的身影。

等她拿着鲜红的苹果坐到屏幕前一边啃着一边再和他说话时,陆向南看着屏幕里憨态可掬的付亦涵,从口中突然冒出一句话:"那如果今天和你相亲的是陈薄一,你还会像现在这样不满吗?"

屏幕那头的女人顿时气极,还没等他反应过来便被系统提示说对方已经取消并退出视频通话,于是看着渐渐黑掉的屏幕,他无奈地苦笑。陆向南想着自己踩到了老虎的痛脚估计她是不会理自己了,刚欲退出聊天关掉电脑的陆向南突然发现底下的对话窗又闪动了起来。

他点开和付亦涵聊天的对话框，发现上面只有两句话，第一句是："其实我没告诉你，就在我和这个奇葩男相亲的前一周，我收到了陈薄一的结婚请帖"。第二句上面没有话，只有两个埋头痛哭的小人儿的表情，陆向南看着对话框里的表情图案，仿佛看到了那个女人此刻也在埋首痛哭的模样，又是好笑又是心疼。

不过话说回来，那个迄今为止是自己遇到的最大情敌也是让自己遭遇最大挫败感的男人，真的结婚了吗？

陆向南忽然想到了学生时代，某日一向大大咧咧没心没肺的付家小姑娘突然和他郑重其事地说道："陆向南，我好像情窦初开了。"

于是刚打完篮球的他漫不经心地接过旁边人递过来的矿泉水喝了一口："谁？"

"就是上周元旦晚会上，在学校礼堂里拉小提琴的陈薄一。"

他心中惊了下，不过面上却若无其事道了声"哦"。不料付亦涵不满道："难道你没有发觉他拉小提琴时有一股遗世独立的清冷气质吗？又好像被关在城堡里等待解救的忧郁王子。"

正在花痴着某个忧郁王子的付亦涵却突然又像哈巴狗一样黏着陆向南："我同桌安安说陈薄一和你在一个班哎，你帮我打听打听他的消息好不好？嗯，先问问他有没有女朋友，然后再打听他的兴趣爱好……"等到她噼里啪啦地说完时，却只收到他简短有力的三个字："办不到！"

　　付家小姑娘感觉自己的肺都快被气炸了。她急忙追了上去一边小跑一边数落陆向南的背信弃义："陆向南你没良心，当初你要追关小曼时是谁帮你打听行情出谋划策，又是谁冒着生命危险帮你打掩护？虽然你最终没有抱得美人归，但是那是因为你花心又看上李阮阮的缘故，反正当时我可是尽心尽力地帮助你！现在只不过叫你帮我打听个消息你都不愿意帮我，实在太令人寒心了！"

　　穿着棉纺白T恤的少女仍在不依不饶地说着，不料走得好好的陆向南突然一个转身："你再说我就告诉付叔叔和阿姨，说你最近期中考试考得不好就是因为你早恋。"这句话成功地堵住了少女接下来要说的所有话。

　　为了这句话，付家小姑娘整整一个月都没和陆向南说话，她已经彻底把陆向南拉进了黑名单。直到一个月后的第二天放学，陆向南在车棚里拦住了她并将一张写着一排手机号码的纸条交给了她，小姑娘才与他又正式地恢复了关系。那号码自然是陈薄一的手机号码，她攥着这张纸兴奋得让人以为她手里捏着一张百万支票一样。

　　不可否认，当时的陆向南是存了别的心思的，他虽然借着班长的职务之便帮她弄到了陈薄一的电话号码，可是在这之前，他也已经了解到陈薄一是不可能在学生时代谈恋爱的事实，不过这一点他倒是特意没有告诉付亦涵。

　　这其一嘛，如果告诉她保不准她会不相信然后不识好人心地反咬他一口；这其二嘛，让她去碰碰钉子倒也挺好，不是说没有对比，就没有突出反衬嘛。

只是他的如意算盘好像落了空，低估了付亦涵的耐心、实力以及魅力。

事情原先是按照他所预测的那样，满怀信心以及激情的付姑娘在某日上午大课间休息时鼓起勇气去送情书，不出意外地被她心目中忧郁清冷待她解救的王子陈薄一给一口拒绝。对了，拒绝她时说的话和付亦涵最近迷上的一部《恶作剧之吻》里天才男神江直树拒绝袁湘琴递给他情书时所说的话一模一样："我不要。"

放学后到他家做功课的付亦涵兴奋地将陈薄一拒绝自己的详情给他描述了一遍又一遍，还着重说明陈薄一说的话和电视上江直树说的话一模一样。他很不能明白付亦涵的大脑构造，为什么被拒绝了也能如此开心。

陆向南当然不能明白少女的细腻心思，他又没看过《恶作剧之吻》，怎么会知道才开始便被江直树拒绝的湘琴最后通过不懈的努力成为了天才男神直树的夫人呢？

于是很快事情的发展方向脱离了他的预期估计，在被拒绝的四个月后的某天，刚好是寒假后开学的第一个周末，付亦涵激动地跑到他家里拿着压岁钱说是要请陆向南吃饭。

等陆向南到了餐厅里看到早已等着的陈薄一，他才知道原来就在寒假第一个月里，付亦涵成功打动了陈薄一，攻克了这个堡垒。看着早已经黑掉的电脑屏幕，陆向南突然想起当年离开餐厅时，陈薄一对着他意味深长地说了那句话："幸福是靠争取的。"

可惜那时年少脸皮薄，觉得只要守护在一旁有朝一日那人一定会察觉，然而他却忘了有些人的神经天生比较迟钝，所以这么多年过去，他还是只能在原地踏步。

可是，他并不想永远只能在原地踏步，并不想永远只做默默观望她的好竹马，更不想与她远隔大西洋，甚至于都不能呼吸同一片蓝天下的空气。

如今，时机已到，小姑娘心心念念的王子已经娶了别国公主，和她已经再无可能。他陆向南若再不把握，倒是真的会后悔一生。

于是，他拨通了手机："Linda，现在帮我订一张明天早上去北京的机票。"

他记得从前高中的时候，陪她在书店里挑过一本书，里面有段话，他看过，便记在心中。

"我不要自己在世界上多么重要，从一开始，世界和我就是两件不同的事。看吧，那些我犯过的错都在保证：我将用我一生的细节珍爱你细节的一生，便是这世界背我而去，我也心满意足。我只请求一件事——我不要思念你，我要紧挨着你。"

我不要思念你，我要紧挨着你。

生命中，

Part 2

总有一段路需要自己来走

总有人会陪在你的身边 ◐

　　她拿着木梳子帮我梳头的时候，从头顶至发尾，我觉得她似乎打理的不是一头乱糟糟的毛发，而是一匹上好的、娇贵的丝绸。因为她，用尽了温柔。

　　闭关写东西的那几天，我心情总是格外地烦躁。现在想想，我真的不算是一个脾气好的人，说我脾气好的，大抵都是被我温和的表象所欺骗。与我相识且能够容忍我这反复无常脾气的，大抵都是和我有着多年交情的闺密知己。

　　这其中，以我的母亲为最。

　　绞尽脑汁没有灵感的时候，我总会像疯魔似的挠头发，恨不得将灵感从脑海里抓出来。头发抓得乱七八糟，可是灵感却丝毫没有。于是乎，我开始毫无缘由地发脾气，手中有笔便拿笔使劲地戳着纸张。如果双手停留在键盘上，便一个劲儿地抠键盘。因为这样，我的笔记本上有好几个按键都脱离了键盘。

每当这个时候，母亲总是拿出一把桃木梳子，默默地走到我身后，耐心地、温柔地帮我梳着长长的、乱成一团的头发。她拿着木梳子帮我梳头的时候，从头顶至发尾，我觉得她似乎打理的不是一头乱糟糟的毛发，而是一匹上好的、娇贵的丝绸。因为她，用尽了温柔。

她会软声对我说："不着急，慢慢写。或者你先休息下，我给你泡杯茶（冲杯奶粉），等有灵感再写。"那模样，好似我还是从前那个没有长大的小孩。

最初我听了这些温言软语会更加地恼火："慢慢写，慢慢写，我写不出来怎么慢慢写！你别在这边烦我了！"

人在恼怒时候说的话往往都当不得真，可是却很伤人。因为恼怒的当事人光顾着自己发泄怒火，却忽视了被发泄怒火的对象也会受伤。

我每次发完脾气后又立刻后悔，惴惴地向母亲道歉。她听后总是很爽快地说道："那好，我原谅你了。"

"可是你下次注意不要再乱发脾气了哦！妈妈不会生你的气，但是要是换成别人，那就不一定了啊！"

"女孩子家，还是要收敛点脾气的，虽然不是全部，可是绝大多数人还是喜欢脾气好的姑娘啊！"

在她开启了唠叨模式后，我的防御系统自动举白旗投降。

然后我就认真地点着头："好的，下次绝对不会乱发脾气了。"天知道，我的保证就和写字用的白纸一样苍白无力，一戳即破，可是老妈还是愿意相信，直到我故态萌发。

记得有一次，由于小区停电的缘故，我没有及时地交稿子以至于错过了出版社选题时间，被编辑狠狠地训斥了一顿。因为自己觉得委屈，所以反倒是发不出火来，只闷闷地趴在书房里一个人偷偷地哭泣。母亲察觉到我哭了，却没有出声安慰，只是轻轻地拍着我的肩膀。我晚上熬夜重新做选题的时候，她拿了一本书坐在床头看，直到我睡觉她才放下了手中的书。她知道我一个人晚上熬夜时会害怕，可是又不好意思开口让她陪我，于是她用自己的方式默默地和我一起熬夜。

还有一次，因为操作失误，敲了好几个小时的文章没有保存，几万字的存稿顿时化为乌有。看着那本厚厚的手写稿，我在一怒之下将其撕成两半而后去找了闺密玩耍，再不管它。

不料母亲却在第二天吃早饭时告诉我，我没保存的文章，她昨天晚上照着我的手写稿，帮我把它们重新打进了文档里。

"我不知道你排版时用的字号和格式，你等下直接重新排下版。"说完话后，她照例将咸鸭蛋里的蛋黄挖出来放到我的碗里。

那本手写稿上少说也有六万多字，自认为打字速度飞快的我都花了两个白天的时间，对于打字速度远远不如我的母亲来说，想必定是要花上更长的时间。

抬眸的瞬间我仔细地瞧了瞧母亲的眼睛，果然那双明眸里有了不少的血丝。

"我晚上睡不着，反正觉得醒着也没事，就起来帮你打字了。"母亲用轻描淡写的"睡不着"便带过了她为我熬夜誉稿的辛苦。

我又想起了上小学的时候，因为舍不得我在地上写作业长时间受冻，为了让我能够快点完成作业，于是母亲便模仿着我的字迹帮我在作业本上抄写数学练习题的题目。

当我因为数学概念默写错误被老师惩罚在习题本上抄写一百遍抄写到深夜的时候，母亲还是因为舍不得，把抄写到睡着的我抱上床，然后自己在灯下一遍一遍地帮我抄写概念。

我一边低头吃着碗里的稀粥，咬着母亲放在我碗里的蛋黄，一边趁着母亲不注意的时候，偷偷用袖子擦拭早已湿透的眼睛。只是眼泪似乎越擦越多，眼睛越擦越疼。

我突然觉得自己很糟糕，很不孝顺。明明知道母亲的身体不是很好，不但不体谅照顾她，还总是对她发脾气。为什么？是因为我知道，无论怎样，母亲都不会离开我，她始终会陪在我边。可是长久陪伴却并不意味着可以随意伤害，我从不怀疑有一天时间会消磨掉母亲对我所有的耐心和温情，可是如果有一天并非出自于她的本意，而是时间带走了她，那我又该如何自处？

前段时间在微博上看到一段话："我吃东西越来越清淡，

对待人情世故越来越宽容，不乱发脾气也学会了忍让，慢慢地有了一颗成长的心。也开始害怕听到任何与病痛有关的事，最大的心愿变成了全家人身体健康。相比一两年前迫不及待要去看远方的心，我更希望花十分之九的时间在温柔灯光下和妈妈吃完的一餐饭。"

看后久久不能自已，只是这一次，我是真心要改了。

时间无言，沉默不语，她会陪在我的身边。清风有意，岁月有声，我要守在她身旁。

因为相遇，
所以珍惜

这般的人，竟是连吸烟，也优雅得叫人心生尘埃之花，汩汩地开满学子们的仰慕心崖。约莫是那挺拔却消瘦的身影谈笑风生而又带点空旷寂寥的模样，使他在超凡脱俗的同时又染尽了人间的烟火气息。

大概是上初中的时候，学到魏巍写的一篇文章，题目叫《我的老师》，我贪婪地将那篇文章看了十几遍，羡慕自然是肯定的，要用掉多少运气，才能遇上这么好的老师。当时恨不得自己便是作者，便可取而代之，享受这份来自一个可说是天使般的老师的温柔关怀。

所幸，读书生涯中遇上的老师，与蔡云芝先生相比，心里总觉得逊上一筹，可是遇上了，也是莫大的荣幸与缘分，总是要珍惜的。

今日想写的，想说的，是W君与茶壶先生。

两位都是高中时代的先生，只不过一位是风度翩翩的英语教师，一位是教国文的先生。

1

因为W君，英语成了大家最喜欢的科目，由此可见W君的魅力非同一般。

此君相貌清秀，身形挺拔，时常穿一件浅色细白条纹衬衫，用"芝兰玉树""温润如玉"来形容也不为过，然而这仅仅是他的外表，其内在却并不仅仅如此。

首先，他并非像他的外表一样清逸脱俗，相反，他有着俗世的烟火及人情气息。他很幽默，擅长讲冷笑话，能够由一句英文延伸到世间万物，各国风土人情，将一篇普通的英语文章讲得完美到人神共愤。

众人最喜欢看见他微笑时的模样，眉眼细长，红唇薄如刀削，每至其笑时，班中时有女学生大呼自己要晕，小心脏承受不住如此大的惑人重力。鄙人也是先生的后援团之一，每每注目于其，总有一种似曾相识之感，思索了多日，方才恍然大悟。先生穿白衣的模样原来竟有几分肖似国荣哥哥版的宁采臣的书生扮相，一样的倾城，一样的笑容暖人。

先生对于授课，有一种非常严谨的态度，这态度使得众生更为之叹服。

每次授课，他都有明确的教学目标。这节课讲什么，讲到哪儿，要达到怎样的效果，他无一不规划得清清楚楚。倘若在一节课里规划的内容没有讲完，那么他就不下课。老师们拖堂是大家都讨厌的事，可在他做来，却又是另一番感觉。他不会像一般拖课老师一样，见下课了就抓紧时间加快说话的速度，不管效率。他会依然按照寻常速度来授课，保证大家的听课效率，在那温和清润的嗓音里，你会忘记时间……直到上课铃响才如梦初醒。

大概许多同学都讨厌上讲台听写单词、句子这一类的课堂检测方式，可是在绝大多数情况下又不能避免，于是便会心生不满，滋生出异常情绪，而先生总能将这一举措变得让人欢喜接受。

他会给你一定的准备时间，让你不至于措手不及，当听写完毕你回到座位上时，也许心里会忐忑不安，可他中肯而又亲和的点评会让你放松紧绷的神经，但你若是表现出满不在乎的模样，他又会用看似不经意而实际上饱含深意的话挖苦你一番，让听的人津津有味，被说的人食不知味。

这般优雅脱俗的男子也有着令人生憾的不完美。

先生爱吸烟，十分钟爱。

那烟几乎入了他的骨。

曾经以为自己会讨厌所有吸烟的人，殊不知这原来也是因人而异。

先生吸烟，会习惯性地倚在锈色铁栏杆边，一边吞云吐雾，一边远望楼下人烟。

这般的人，竟是连吸烟，也优雅得叫人心生尘埃之花，汩汩地开满学子们的仰慕心崖。约莫是那挺拔却消瘦的身影谈笑风生而又带点空旷寂寥的模样，使他在超凡脱俗的同时又染尽了人间的烟火气息。

偶然得知了先生的QQ号，心中窃喜，告知宿友，不料宿友们反应竟是异常热烈。我因为害怕先生追究手机使用问题不敢用手机立刻加他，然而两个宿友却是不管不顾，在得知先生QQ号时，毫不犹豫地选择了查找添加，还十分勇敢地把自己的名字发了出去，无畏无惧。

壮了胆儿，终于哆哆嗦嗦地发了个best wishes给先生代替自己的备注姓名，不料先生竟也发了个自己的姓氏，令人不觉松腮大乐。点击查看了先生的空间，一阵唏嘘，不愧是教英语的，连说说都是清一色的英文，且高深莫测，想要弄清楚看明白还得借助百度翻译。

看到先生转了关于纳兰性德的词句，顿时生出知音人的感慨。先生有好多个相册，可是每个相册都加了密，想要看就得回答问题。不过问题很没创意，因为几个相册只有三种问题，我的名字，我的生日，我的号码。凡是先生的学生，大都能将这3个问题给回答上来，轻易地进入他的相册。

有一个相册的名字很美，叫my angel，打开一看，原来是先生可爱的小女儿。

现世安稳，岁月静好。当年张爱玲写给胡兰成的词句用来形容先生，也是很恰当。

2

"这节课我不讲，把时间留给你们背书，赶紧给我将高中十四篇背起来！"

教我们语文的S君腆着个将军肚，慢悠悠地走上讲台，夹着一本从图书馆新借的书，在同学们的读书声中，S君摇晃着脑袋，举起伴他多年的宜兴紫砂壶，对着壶嘴深呷一口，而后怡然地翻阅着书页，时而不发一言，时而长叹，更多时候则是抄起手边紫砂壶，猛地喝上一口，之后双眼迷离，约莫是陷入沉思。

莫言曾说过："一个作家读另一个作家的书，实际上是一次谈话，甚至是一次恋爱，如果谈得成功，很可能成为终身伴侣，如果话不投机，大家就各奔前程。"照此说来，S君应是在为挑选终身伴侣而踟蹰为难。

可是不管选得如何，翻牌子抑或是撂牌子，其必先喝上一口紫砂壶中的茶，好似喝了这壶中的茶，人便会变得更加神清气爽。

有同学欲一探壶中奥秘，趁着周日S君不在之际，偷偷地用这宝贝盛了半壶茶，刚要一饮为快时，瞧见了壶嘴上的一圈白色神奇物体，疑为茶垢，最终望而却步。紫砂壶中的秘密，便也无人得知。

久而久之，S君连同这紫砂壶一齐变得神秘起来，时人送一名号：茶壶先生。

先生虽然是教国文的，且年近半百，可身上却丝毫没有"遗老气息"，相反，他的活跃程度让人大跌眼镜，咋舌不已。

每日清晨，在教室里进行早读的同学都要经历一番"地震式早读"，原因很简单，先生在窗外跳绳，你可以想象一个150斤的中年男子在四楼栏杆边上下翻飞的场景，着实壮观。可时间久了，也习以为常。

先生自谓清高之人士，自然也不愿与我们这些流俗之人交谈，在他看来，那简直是阳春白雪和下里巴人之间的云泥之别。可先生孤芳自赏久了，也会有一种高处不胜寒的情绪，因而这又使得他愿意与我们分享他的一些精神食粮，以及内心珍藏的少年时光。

当他读一篇文章读至尽兴时，除了大口大口喝茶，还会把投影仪给打开，将文章放上去与众人一同分享。当然，这分享的过程也是极其讲究的，要是哪位仁兄只面无表情，机械地观看，那便会让先生极其不痛快，眼神鄙视是小事，出言讽刺才算正常。

先生博学，人人皆知，写文章那也是神来之笔。某日，先生不知道从何处找到一张饱受岁月摧残的暗黄纸笺，上面是一首小诗，题为《抓住这一秒》。

先生先让大家齐声朗诵，诵毕，当大家对这张纸及年代出处进行议论时，先生难掩自得之色。待大家讨论完毕后，先生才缓缓道出，这是他初中时代的作品。众同学听了，更为惊叹，先生则是一副意料之中的模样，好似不消他人说，他也明白自己就是一文坛奇才。

先生五官总体而言，还算周正，但也不是入画之流。然而据先生口述，少年时代暗恋他的人决不在少数，可先生眼光颇高，庸俗之辈他皆瞧不上眼。但万花丛中也有那么一两株天丽（牡丹）遗世独立，先生被这天丽给深深地吸引了。才情一触即发，写了好多封缠绵悱恻而又高雅异常的信笺给那株天丽，可不知道为何，先生始终没能得偿所愿。

时隔多年，先生参加同学聚会，见到了他从前朝思暮想的人儿，竟是一言不发，只深情地凝视那人，想着年少时的青涩爱恋，心中感慨万千。回来后诗兴大发，在内心深处氤氲的至美的深情让他想提笔写一首诗为这年少时爱而不得的纯净追逐画上个完美的句点。这首诗的名字叫《只想远远地看着你》。

先生不常笑，通常发怒的概率比较高，虽然他每次都说生气是拿别人的错误惩罚自己，可是他还是会一遍遍地惩罚自己。

印象最深的一次，是在一次周练试卷评讲上分析一篇人物传记，突然提及了"死"字，先生便借机引申了下，给我们讲了一个真实而又令人惋惜的事例。

"前天，我们学校有位刚退休的老教师，他去钓鱼，然后就被电死了。"约莫停滞了一秒，而后班级里爆发出一阵狂笑声，这可将先生气得不轻，在他看来，死是一件很严肃的事情，而大家非但没有显示出悲伤的神色，还哄堂大笑，实在是有违人理。

于是乎班级里每个人都要交上一张不限字数的"解惑书"，说清楚自己为何笑，在这个时候笑体现了一个人怎样的道德修养；抑或是如果你没笑，那别人为何笑，你对此事有何看法与认知？先生对于这种事都异常地较真与执着，这种态度也影响了大家，以后对于这类事，虽不能感同身受，但也决计不会再笑。

先生在暑秋两季喜欢穿一件白色暗纹衬衫，这衬衫明明是很宽松随意的，可是硬被先生穿出了紧身拉丁服的味道，因而先生走路也常被误认为是在跳肚皮舞。

3

《简·布罗迪小姐的青春》里，玛姬·史密斯扮演的简·布罗迪曾说过这样一句话："我是一名教师！我是一名教师，这是我最初的选择，最终的归属，也是一生一世的责任。"

我希望在白发苍苍之际，也能够张开嘴对着自己备课的教案，默默地诉说这一句。

最初的梦想 ◑

　　梦想其实一直都在那里，只是有时候我们变得越来越陌生，离它越来越远，以至于到后来都没有勇气去认领自己的梦想。任凭它孤零零地困在角落里，蒙上蜘蛛网。

　　公交车上昏昏欲睡时，身旁的好友突然大笑着推醒了我，我大脑一片空白，根本不知道发生了何事。

　　"我总算明白你为什么总是看着动画片傻乐了，真的很好玩。"

　　见我还是一副丈二和尚摸不着头脑的疑惑模样，她指着手机里的视频示意我看。

　　里面是一只我非常熟悉的粉红小猪，此刻它正在认真地告诉自己的好朋友阿may："阿may啊，我的志愿是做一个校长，每天收集了学生的学费之后，就去吃火锅，今天吃麻辣火锅，明天吃酸菜鱼火锅，后天吃猪骨头火锅，陈老师直夸我：麦兜，你终于找到生命的真谛了！"

憨态可掬的麦兜一本正经地说着自己的梦想，在天真的他看来，想吃什么火锅就吃什么火锅就是最大的愿望，而要达成这个梦想，似乎就得成为一名校长。

"你说他想成为一名校长就只是为了能吃各种火锅，这只小猪也太好笑了。"

好友被麦兜的宏图大志给逗得哈哈大笑，就是坐在一旁看不见画面、但听见谢立文小朋友配音的其他乘客，也被这只小猪的话逗得忍俊不禁。

是啊，真好笑。笑的人心里可能在想，做校长哪是那么容易的。等你做上了校长，你就不会只想着吃各种火锅了。也许，你还没来得及做完校长这个梦，你就改成其他的梦想了。等你长大了，也许又是另外一番景象了。很多时候，都会觉得再言梦想是件奢侈而又矫情的事，将梦想挂在嘴边，似乎意味着你还没长大。将梦想留在心底，又似乎会时刻提醒自己此刻生活得多么糟糕，多么失败。

那就索性把它给扔掉吧，反正它也只是个梦而已，不是吗?

如果你是这样想，那么很遗憾，你就是那只没能吃到葡萄而说葡萄酸的狐狸。

今天是周五，按例下午的一二两节还是作文课。有感而发，我将黑板上原本要让他们写的观察植物的题目换成了我的梦想。

我想看看这些孩子的梦想。

相比自己不熟悉的植物描写，对于他们来说，似乎更喜欢这种随意发挥不受限制的作文格式。

第一节课依旧是口头表述，理清思路，第二节课才开始动笔写。

当我站在讲台上问谁愿意和大家说说自己梦想的时候，底下齐刷刷地举起一大片小手。有的调皮鬼生怕我看不到，将两只手都举了起来做投降状。

我首先点了那个卖力地举着两只手的学生，结果等他说完，底下的同学齐刷刷地笑成一片。小男孩在众人的笑声中红着脸坐下。我猜想他应该还感到委屈和不解，毕竟他只是说出了自己最真实的想法而已，大家为什么要笑。

他的原话是："我的梦想是做一个米其林厨师。我爸爸告诉我米其林厨师是世上最顶尖的厨师。我喜欢吃红烧肉，我以后要做出世界上最好吃的红烧肉。我要烧给很多人吃，我还要卖到饭店里，要卖很多钱，这样我想买什么东西就可以买什么东西。"

其实他说得一点都没有错，而且我觉得相比那些说要成为科学家、解放军、银行家之类的冠冕堂皇的梦想，这个小男孩的梦想是那么的具有烟火气息，那么的动人而又实诚。

我仿佛看见那只胖乎乎的小麦兜，从屏幕上跳下来，坐在了教室里。

我制止了众人的嘲笑声："我觉得他说得很好啊！当米其林大厨哎，这可是世界上一流的厨师呢！不知道我以后有没有荣幸能吃到蔡力萌同学烧的红烧肉呢？"

"能的，肯定能的。老师，我绝对会给你烧世界上最好的红烧肉，给你烧好多好多。"小家伙连忙站起来信誓旦旦地向我保证。

谢过了他，我继续让其他小朋友起来说说自己的梦想。

有的说要成为芭蕾舞者，有的说要做一名像宁泽涛一样又能拿奖牌长得还很帅的游泳运动员，有的说要做一名缉毒警察将吸毒的人通通枪毙，有的说要开一家比大渝火锅还要有名一百倍的火锅店，还有的说要成为美国情报局里的特工……这些五花八门的梦想让我大开眼界。

我不禁想到了自己小时候的梦想，那时候长期受父亲的影响，喜欢看央视各种关于考古的节目报道以及父亲书柜里的各种有关历史的文献书籍。于是乎总是梦想成为一名考古学家，去世界各地考古，挖掘文物。再大一点觉得，其实做不成考古专家，做一名历史老师也不错。

然而再长大一点的时候，我突然发现这个梦想已经蒙尘生灰了。

梦想其实一直都在那里，只是有时候我们变得越来越陌生，离它越来越远，以至于到后来都没有勇气去认领自己的梦想。任凭它孤零零地困在角落里，蒙上蜘蛛网。

下课的时候，我将他们每个人的梦想都汇了总，认真地做了登记。我和他们说，你们要记得此刻自己的梦想，当然，你不能只是用小脑袋瓜想想、小嘴巴说说而已。你们得朝着这个方向努力，付出实际行动，等长大以后让它成为现实，不再仅仅是存在脑袋里的想法。

范玮琪在《最初的梦想》里唱道："如果骄傲没被现实大海冷冷拍下，又怎会懂得要多努力才走得到远方。如果梦想不曾坠落悬崖千钧一发，又怎会晓得执着的人，拥有隐形翅膀。"

如有可能，我还想告诉他们，在追逐梦想的路途上，也许你会跌倒无数次，失败无数次，接受冷嘲热讽无数次，流泪受伤无数次。可是没关系，你只需要立刻爬起来，咬牙坚持下去，也许这期间的过程会长些，但是你最终会到达梦想的彼岸。可是现在告诉他们实在太早，并且，这些话更需要他们自己以后去慢慢在行动中领会。

无论如何，你别忘了，很多年前的那个小小的自己曾经认真写下的梦想，它等着你给它剥开蜘蛛网，带它起航。

成长，从认真接受好意开始

他们也曾意气风发，曾经是孩童时代我们全部的信仰，用他们的脉脉温情、宽厚臂膀一直陪伴我们度过无数个日日夜夜，风吹雨打。等我们长大，他们垂垂老矣，不复当年的神采飞扬，于是选择默默地蜷缩在我们伸手可及、他们也可时常能够看到便心安的地方。

国庆假日过后才二十一天，母亲便在电话里兴致勃勃地计划着我元旦回去的时候，她要做什么好吃的。电话里她的声音透着欣喜和激动，也混杂着困惑和焦虑。我能想到此刻母亲那边的画面：她定是一边和我通话，一边无意识地用汤匙搅拌咖啡，直到我挂电话，然后咖啡凉透。

"这次元旦回来，我肯定给你做好桂花糖藕，味道绝对和苏州糖水铺子里卖的一模一样。"她在电话那头信誓旦旦地保证，就好像我当年和她保证下次考试绝对会考班级前三一样。母亲的厨艺一直很好，这一点我从未怀疑过。如果一百分是满分，我会给她打九十五分。至于这剩下的五分，便是扣在了桂花糖藕上。

我喜欢吃桂花糖藕，在粗壮白皙如婴儿手臂的莲藕里塞满饱实的糯米，随后放入由桂花、红糖熬制的糖水里煮上三四个小时做成的糖藕是我的最爱。然而这份最爱却并不是母亲最擅长的，尽管她总是不厌其烦，一遍一遍地努力着。她信奉"有志者，事竟成"的实理，所以尽管每次熬制的糖藕捞上来总是桥归桥，路归路——明明事先塞得好好的糯米最后总是脱离"母体"，成了一锅糯米粥，她也从没放弃过，只因为她的宝贝女儿喜欢吃。

"不一定非要做糖藕的，你也可以做扇子骨给我吃。"我想起了国庆那次，母亲因为没有做成她女儿满意的桂花糖藕，一个下午就静静地站在厨房里，一个人独自看着那锅被我戏称为失败品的糯米糖水粥旁。

当时我正处在赶写论文的紧要关头，修改了五六遍的稿子仍然被导师退回，而母亲却非要端着那碗被我打上失败标签的桂花糖藕给我吃。在那样糟糕的心情下，我自然是拒绝品尝的，然而她却恍若不知一样，郑重其事地一遍一遍央求我吃上几口。

"我尝过了，虽然外观看起来不好看，但是味道还是很不错的。"妈妈兀自说着。"别拿失败品来烦我了，你是想让我失败吗？"心烦气躁之下，我脱口而出一句重话，盼望母亲快快从眼前离开。说完我便后悔了！犹记得母亲当时听了我的话后，有点受惊、又有点委屈的表情，她终于不再奢求我将目光投向她精心准备的糖藕，而是默默地端着糖藕走开了。

论文写完后，身心舒畅、万事轻松。放下笔记本却发现母亲还站在厨房里，一手托着长藕，一手在往藕里灌糯米，动作缓慢而细致，似是要与这糖藕决战到底。只是母亲每灌几节，便要揉一下眼睛。

几粒白色的糯米黏在她揉过的眼皮旁，我帮她拨掉不小心黏上的米粒，看见了一条淡淡的泪痕。她说是风沙不小心眯住了眼睛，我附和着说那应该把窗子关好。屋外放晴，无风更无沙，眯住她眼睛的，是一个她满心想要讨好却泼她冷水的女儿。

之后很长时间，每当想起那次妈妈的表情及眼泪，我都感到十分内疚和煎熬，但又不知如何表达。我默默地告诉自己：以后无论多忙，心情多差，都不要大声跟母亲说话，认真接受她的好意。

"好啊，那我既给你做扇子骨，也给你做桂花糖藕！"我常笑母亲似乎将自己的女儿当成了一只小猪来喂养，要是喂得太肥被人嫌弃可怎么办。每当这时，她便会板起脸来，严肃道："谁敢嫌弃你，我孙亚梅的女儿，自然是顶顶的好！以后谁要是敢嫌你胖，你就告诉妈妈，妈妈来帮你说他！"每每想起她孩子一般的反应，真是让人觉得感动又好笑。

因是长途通话，没有绑定亲情号，所以我每个月的电话费，至少有百分之六十都贡献在与母亲的通话中。同居的宿友纳闷于我为何和母亲每天都能煲那么久的电话粥，明明有些话，昨天才说过，今日却又在通话中和母亲说。我仔细想了想，随后笑着告诉她，因为我喜欢和母亲打电话，我喜欢她在电话里不厌其烦地唠叨，喜欢她用贫乏的词句来向我描绘她新研制的菜肴，喜欢她接到我电话后故作不耐烦实则欣喜万分的呼吸……我更喜欢，她知道自己的宝贝女儿依赖自己时嘴角微微翘起的模样。

然而就是这样，我还经常在无意间伤害了她。

因为家离学校和上班的地方并不算太远，坐上大巴车也不过三四个小时，于是她便经常央求我回来。回来之后却又百无聊赖，除了做自己的事，大部分的时间便是和母亲待在一起，看她做各种菜肴，听她说家长里短。母亲很希望我陪她一起逛菜市场，然而我早上喜欢睡懒觉，于是常常前一天答应早上陪她去逛菜市场然后第二天又赖在床上不起，看她满心欢喜的脸逐渐变得落寞失望。过意不去，便强撑着要从床上起来，这时她便又会将我按回被窝，将被角掩得严严实实："没事的，妈妈骑电瓶车去很快就回来了。你上班劳累，在家里就多睡一会儿。"于是，半梦半醒之间看见一道瘦削的肩膀推着一辆小小的电瓶车出了门，若有似无之间流动着淡淡的落寞伤心。

后来，我跟自己说过，如果答应了母亲的事，一定要尽力地做到，哪怕仅仅是陪她逛菜市场。同为敏感的女性生物，我懂得母亲那颗柔软也多愁的心，我不舍得她难过。

其实生活中，这种小事不胜枚举，以至于常常被我们忽略。因为太亲密，伸手触目间随时可见，所以选择无视和伤害。我们宁愿将笑脸和热切真情拿出去捧于他人，却吝啬地不愿给那个陪伴在我们身边的人一点点温情的关心。甚至于，还常常在无心无形中伤害了他们，伤害那个自出生起，便一直辛辛苦苦陪伴和照顾我们的人——我们的父母。

他们也曾意气风发，曾经是孩童时代我们全部的信仰，用他们的脉脉温情、宽厚臂膀一直陪伴我们度过无数个日日夜夜，风吹雨打。等我们长大，他们垂垂老矣，不复当年的神采飞扬，于是选择默默地蜷缩在我们伸手可及、他们也可时常能够看到便心安的地方。他们不怕劳累、不怕辛苦，只怕自己成为孩子的拖累，束缚了他们。于是那些来自孩子有心或无意的伤害，他们选择默默地忍受忽视，用微笑和宽容来掩饰那颗落寞受伤的心。

他们也会心痛，也会落泪，只是这理由时常只是因为风沙眯住了眼睛。而我们，不能做眯住他们眼睛、让她（他）疼痛落泪的那粒风沙。未来的路上，总需要我们一个人行走，珍惜现在相伴在你身边的人。

你给的温暖是一瓶果酱

很多年后，我已白发苍苍，才发现原来这世间最温暖的事，便是那年那月那日那时那刻，因为一场雨，我遇见了你。那温暖，不是一把伞，而是你递给我的一瓶果酱。

闺密在我家蹭饭时，特意大展身手做的剁椒鱼头辣得她的嘴唇像刚烤出炉的台湾香肠。刚想打趣她时，我却发现这家伙已经自顾自地打开了冰箱翻找起了酸奶。

"你也喜欢吃这个牌子的果酱？"

收拾碗筷的我随口应了一声："是啊，他家的果酱好吃得不得了，光是格调都甩其他家的好大一段距离，这才叫良心食品。"

"那我得告诉你，亲爱的，你能吃到这么好的果酱，得感谢我。"

1

屋檐外雨声*潺潺*，屋内一室温暖。

尚明溪在父亲的小诊所里认真地写着老师周末留下的英语作业。她要在星期五的晚上将所有的周末作业全都写完，因为星期六自己还要去培训班学习舞蹈，星期日下午还要去少年宫练毛笔字。

父亲因为外出就诊所以就由她来坐镇这个小诊所，不过可能由于是下雨天，所以从她放学归来到现在，都没有看见一个病人过来。

等她将作业全部写完收拾装进书包里时，门帘突然被人掀了开来。

她抬头望去，只见一个浑身湿透好似从水里捞出来的小男孩怯生生地走进诊所内，然后咬了咬唇问她："请问有没有不苦的感冒药？"

哦，原来又是一个怕吃药的小孩。

她转了转眼珠："哪有不苦的药，你不知道良药苦口利于病吗？如果实在怕苦，那你就去超市里买块糖放在嘴里就好啦！"

小男孩听了她的话失落地低下了头，嘴里小声念叨着："原来真的没有不苦的药啊。可是如果药太苦，弟弟肯定不吃的，他不吃，身体就还是不会好啊。"

尚明溪转念想了想，从柜台里拿了几包白绿色小包装的小儿感冒冲剂递给他，然后又跑到后面的房间里找出了一小罐橙黄色的橘子酱放到他手里。做完这两件事后，她满意地拍了拍手，然后又回到了柜台里面。

"这个是我在所有感冒药里味道最能接受的一种，当然它还是有点苦。所以呢，我送你一小瓶我们家自己做的橘子酱，橘子清热解火，你可以让你弟弟在喝完药后吃一口这个果酱，保证他不会觉得苦。"

说完这些话后几分钟里，她见男童还没走，于是便不解地问道："你还有什么事吗？"

男童胆怯地看着她："这些一共要多少钱？我只有两块钱。"

哦对了，她忘了收钱。不过这些药应该不止两块钱吧，尚明溪暗暗想到，并且眼尖地瞧到男孩手中的那两块钱还是一把零票组成的。

"不要钱，你拿回去吧。"她豪爽地挥了挥手，"反正我爸爸不在家，就由我当家做主了。"

2

过了约有两个月的时间，尚明溪又在诊所里看到了那男孩。不过这次他却不是买药，而是送她东西。

尚明溪惊讶地看着他手里的那瓶淡黄色果酱，心中揣测着难不成上次送他的橘子酱他弟弟不喜欢吃所以又退回来了？可是这隔的时间也太久了吧，橘子酱肯定是要坏掉的啊。

还没等她开口问，男孩便将手中的果酱递给了他，然后害羞地低头道："姐姐，这是我做的橘子果酱。"

原来他是自己重新做了果酱来送给我的啊，尚明溪笑眯眯地接过果酱，然后在男孩期待的目光下打开了瓶盖用勺子舀了一口放入口中。

味道竟然出乎意料地好，平心而言，比自己鼓捣的那个不知道要好吃多少倍。

于是她赶紧竖起大拇指，对男孩赞叹道："这瓶果酱味道真的很不错，比我当初自己做的那瓶还要好吃。我觉得你都可以多做点摆到市场去卖了。"

她只是随口一说，不料男孩的眼里却突然发出了亮闪闪的明光，他激动地问尚明溪："真的吗？"

看到他热切的目光，尚明溪突然记起之前好像在哪个垃圾收费站见过他小小的身影。于是她郑重地点了点头："是的啊，你可以多做一些果酱，然后去批发市场买一些小瓶子，将这些橘子酱装进去，就可以推到街上去卖了。"

尚明溪歪着头想了想："对了，你还可以做一些其他味道的果酱，比如苹果酱、蜜桃酱……嗯，对了，还有草莓酱。"

她说得让男孩子很是心动，这可比他捡瓶子拾易拉罐去废品站卖钱来得多。

"对啦，你叫什么名字？"她突然想起自己到现在还不知道男孩的名字。只是等她问出口后，男童难过地摇了摇头："我和弟弟都是孤儿，收养我们的罗奶奶没有帮我们取名字。"

"没有名字？"尚明溪第一次知道还有人长这么大还没有一个名字，"那罗奶奶平时管你们叫什么？"

男孩子想了想："她就叫我大孙子，叫弟弟小孙子。"

尚明溪咬着碳墨笔头想了下，然后试探性地问道："要不我帮你想个名字吧？最近我写小说刚好觉得男主人公的名字很好听，要不就送给你吧？"

"好啊。"

见男孩子一脸欣喜激动的模样，尚明溪得意地用右手食指在空中写着字："就叫罗新涵好不好？新旧的新，涵养的涵。你们肯定是要跟着罗奶奶姓的，所以姓就用罗。"

"那你能不能再帮弟弟取一个名字？"

"没问题啊，弟弟的话，就叫罗新然。"

3

罗新涵的果酱小铺已经开起来有些时日了，生意倒是真的如尚明溪所估计的那样红火。

当然这里面，尚明溪功不可没。

她不仅动用了自己的小金库将它们全盘借给罗新涵，还带着他去自己熟悉的批发市场里批发又好看又便宜的玻璃瓶子。然后和罗新涵一起将他做的橘子酱小心翼翼地都装进这些小玻璃罐子，最后再由尚明溪带走一部分到学校里，售卖给自己的高中同学们。而罗新涵就负责在家里研究其他水果做成的果酱，尽力做出最美味的果酱。

因为罗奶奶家有许多的果树，所以原料自然是不成问题的。

而罗新涵也果真在这方面是个天才，他每次做出的新的果酱，总是出乎意料地美味。所以每次做出的果酱总是很容易地在学校里被尚明溪兜售光。

尚明溪读的是云德高中，因为成绩优异人又漂亮温和，人缘自然十分好。所以当她给班里的同学讲过这件事后，班里的同学都自发地买她带来的果酱。起初是因为同情尚明溪口中的小男孩，后来倒是真的喜欢上了罗新涵做的手工果酱，味道甜而不腻，果肉饱满大粒，比商店里那些贵得要死的还添加了色素的果酱不知好吃上多少倍。

众口相传，很快学校里人人都知道校外不远处一个叫罗新涵的小孩子能做出好吃得不得了的果酱。

到后来，镇上的人都愿意去罗奶奶家买他们手工制作的果酱。他们家的果酱物美价廉，入口味道美味得不得了，大家都很喜欢。

于是没过两年，他们就有了一家自己的果酱铺子，虽然很小，但是却代表了他们的小小成功。

在尚明溪考上北京大学的那一年，十五岁的罗新涵已经有了两家规模不小的果酱铺子。如今他不仅卖各种味道的果酱，里面还新加许多制作精美的果脯。他的生意越发地好，以至于很快在小镇上又开了第三家铺子。

4

尚明溪大学毕业后，便留在了北京的一家出版社里工作。

有天和闺密路过一家面包店买面包时，她无意间看到玻璃架上摆着的一罐罐包装精致的果酱，突然想起了自己高中时代曾经帮助的一个小男孩，对于做果酱有着非凡的天赋。于是她情不自禁地将货架上的两瓶淡黄色的橘子酱放到了手中的托盘上。

闺密看到她托盘上的果酱惊喜道："你也喜欢吃这个牌子的果酱啊！"听闺密这么一说，她下意识地低头看向托盘里的玻璃罐子商标，那是一个圆圆的橘子图案，上面一排圆滚滚的字：小溪家的果酱铺。

她心中一怔，然后扯起抹狡黠的笑意："小溪家的果酱铺，那不就是我家的果酱铺子嘛！"

被闺密打趣着两人走出了面包店。

晚间用电脑写文案时，她脑海中突然涌起了一个想法，将做到一半的文案保存关闭，然后打开百度网页，想了想，在长框里输入了小溪家的果酱铺。没过几秒钟跳出来一大堆网页，点开第一个网页进去，在一大堆文字里，她看到了自己熟悉的三个字：罗新涵。

　　没有想到，当年那个害羞着等她评价橘子酱的小男孩，如今竟然是一家小有名气的食品公司的老板。

　　尚明溪一个一个往下看，在第三页上发现有一个叫"姑娘是个美食家"的博主写了关于这个果酱的一篇博文。里面用俏皮而又形象贴切的文字描绘了"小溪家的果酱铺"里的果酱，并且还对这个名字做了个点评，说是让人感受到一种清新与温暖相融合的感觉。

　　若她没有猜错，这个小溪应该就是她自己。

　　打开白天买的橘子果酱，她用勺子舀了一小勺放入口中，惊喜地发现还是当年熟悉的味道，甜甜的，淡淡地融化在唇齿间。

　　记忆乘着时光的年轮迅速倒转到七年前，有个小男孩紧张不安地送给少女一瓶自己做的橘子果酱，他满怀期待地看着少女将一勺淡黄色的果酱放入口中，然后温柔地说了句："真好吃。"

爱情里，谁不曾悲伤

听完这段故事后，他和我说，忽然想到几年前陪着妹妹去看的电影，里面的女主有段自白，大意是："我的日记，一页页沾满你的影子，布满我的青春。想告诉你，我曾经那么用心地喜欢着你。你的微笑就是我全部的信仰。"那时，他嘲笑妹妹这种可笑的少女情怀，而现在，他终于明白那是种无望的悲哀。

在看到练习室里那个人倒下的一瞬间，他再也没法克制自己只是站在外面默默地注视她。

"不是让你不要过来了吗？"S揉着受伤的脚踝，将额前垂下的一缕长发随手拨到了耳际。

可身旁的少年就好像没有听到她的话一般，轻柔地拿开她捂着伤口的手，然后小心翼翼地在她受伤的脚踝处撒上消炎粉，最后俯下身温柔地吹拭。

做完这一整套护理后，少年才起身正色对她道："我想过来，我想看着你。"

看着面前容貌精致、眸子里满是执着情意的少年，S咬了咬唇："我是你老师。"

"你不是我老师，你只是芭蕾舞蹈系的老师，而我是实用音乐系的学生。"

1

是什么时候喜欢上她的呢？Z君闭上了眼在全场欢呼声中缓缓开唱。

"天边风光身边的我，都不在你眼中。你的眼中藏着什么，我从来都不懂。没有关系你的世界，就让你拥有，不打扰是我的温柔……"

是那次下雨天的夜晚，折回去拿在酒吧里演奏的乐器，不料出了乐器室没过几分钟，外面竟然下起了瓢泼大雨。为了避雨，他将自行车随便地停放在一处，之后推开旋转门。

也许是因为天生对音乐的敏感，也许是那天心跳漏了半拍。他鬼使神差地走到大厅底下的一个练习室，透过门缝，看到了正在练舞的S。

他知道她的名字，也知道她是他们艺术系最年轻的芭蕾舞教授。从前只限于匆匆路过无意间的惊鸿一瞥，而此刻，他可以尽情欣赏她迷人高贵的优雅舞姿。

只是他也听说，S虽然是被学校重金聘请回来担任芭蕾舞学院的教授一职，但是因为几年前的一场车祸留下的后遗症，她并不能再翩翩起舞。

可是此刻，那室内翩翩起舞的天鹅不是她又是谁？

他没有推开门，只是站在教室外注视里面的女子，看到她在飞速旋转之前深吸了口气对自己鼓舞："伤口不是早就愈合了吗？我可以的！"

可惜在飞速旋转了四个回合之后，她如一只失去了羽翼的蝴蝶，重重地跌落在了地上。

随后，他在门外听到了她低低的哭声。

"你现在一无所有了，连芭蕾你都留不住了。"

2

S呆呆地看着这个不知什么时候也不知是从哪儿冒出来的少年，动作娴熟地拿过一旁的急救箱，然后将她脚踝受伤的那只腿揽到了自己的腿上。

她觉得这动作暧昧且不可思议，刚想缩回时便听得少年冷声一句："不要动！"于是她便愣在了那里，任由这个少年帮自己喷上喷雾剂，敷药包扎。

一切完好之后，她适时地缩回了自己的腿，然后扬起抹甜美的笑容对他道了句"谢谢",却发现少年目光灼灼地盯着自己的脸。

她才忽然意识到,自己摔倒后绝望哭泣的泪水还没来得及拭干。她尴尬地用手抹去脸上的泪水,在触摸到皮肤的那一刹那,少年递给了她一方手帕。她刚想伸手去接,却落了个空。

少年已经自顾自地拿着帕子帮她擦拭,动作温柔,呵气清新。

"谢谢。"

少年听了她的道谢并没有多大的反应,只是嘴角扬起抹明朗的笑容。S注意到了在他笑的时候,有两个浅浅的梨涡。

3

"我说Z啊,作为咱们声乐部的校草,你到现在还没有女朋友是不是有点说不过去啊?"

"周凯说得对,Z你应该找个女朋友了。追你的系花那么多,你随便挑一个就挺好的。"

"其实吧,我觉得昨天那个送你巧克力的古典音乐系系花T姑娘就不错,你学的是实用音乐,她是古典音乐,你们俩一个现代一个古典,绝对是最佳组合。"

……

"你们烦不烦?"

扔下吉他,在队友莫名其妙的眼神中,他冲进了训练室。

脑海中又浮现起她两天前对自己说话的情形。

"不是让你不要来了吗？还有，这种事也不要做了。"她冷冷地看着Z固执地为她上药、包扎，看着他强颜欢笑地对她道，"你看我包扎的技术越来越好了。"

"Z君，你这种举动对我造成了困扰。我希望，你以后不要做这种逾矩的举动。"

说完这句话后，她将他刚刚帮她包扎好的绷带解开，扔在地上。

"就算以后再看到我跌倒，受伤，流血，你都不要过来。"她注视着少年的眼睛，认真冷漠道，"你都不要过来，不要扶我，也不要帮我上药。我不是残废，我会自己起来。我有手，我会自己上药。"

他固执而悲伤地摇了摇头："可是我想看着你，我喜欢你。"

4

"你拒绝我是不是因为她？"

天台上，T姑娘指着楼底下抱着书本，从人群中缓缓走过的S："我观察你很久了，我知道你喜欢S教授。"

听到教授两个字，他讽刺地扯了扯嘴角。

"对你而言，她是教授。对我而言，她只是S。"

"你疯了，学校里那么多女的，你怎么就偏偏喜欢上她？"

他不想再与身旁这个女人对话，于是转身离开。

"你知不知道，她是个离过婚的女人！"身后T姑娘大声叫喊的话于他而言，只是云烟。

他一直都知道，她是个有故事的女人。

可是他爱的从来就不是她的故事，而是她的人。

他摸了摸裤子口袋里坚硬的小锦盒，加快了下楼的速度。

5

他做梦也没想到，她竟然会邀请自己去她家里。

"我给你跳一段完整的芭蕾舞，就当是你这几个月来帮我包扎伤口的酬劳。"

他轻轻地点了头，怕自己破坏了这场梦境。

她像是误入人间的仙子，绝美中透着遗世独立的清高。每一个动作都优雅无比，完美得恰到好处。即使是简单的基本动作，在她做来，都是那般的赏心悦目。一举一动，一目一神，皆可入画。

不由使他看痴了。

并没有放音乐，在房间的东南角落里，坐落着一架白色钢琴。除却四周十八面好似人高，框边上镶着清一色水木兰色的水晶琉璃的全身镜外，便是剩下这些紫檀木做的把杆了。

S，便在这中间起舞，简单的白色棉布裙叫她给蹁跹成了一只白羽蝶，遗世独立，清冷中带着睥睨尘世的骄傲。

一舞完毕，他情不自禁地为她鼓掌。

他掏出了那个粉色的锦盒，打开取出了盒子中的吊坠。那是一个微型的身穿芭蕾舞裙少女的项链。他走近她身旁："我给你戴上。"

帮她戴上项链后，他迅速地在她的额头印下一吻，看着她错愕的神情，柔声道："生日快乐。"

"谢谢。"

6

他以为她接受了自己，以为自己终于可以光明正大地喜欢她。

那一日，他连在睡梦中都忍不住偷笑。

只是第二日寻她不得，后来他被告知："你不知道吗？S教授走了啊！"

学校派出国进修的几位教授中有她，期限四年。

可是他忽然就明白，她是永远也不会回来了。

Z君是大我一届的学长。

听完这段故事后，他和我说，忽然想到几年前陪着妹妹去看的电影，里面的女主有段自白，大意是："我的日记，一页页沾满你的影子，布满我的青春。想告诉你，我曾经那么用心地喜欢着你。你的微笑就是我全部的信仰。"那时，他嘲笑妹妹这种可笑的少女情怀，而现在，他终于明白那是种无望的悲哀。

只是年少时的爱情，谁不曾悲伤。

爱似上弦月

爱情里最悲伤的事是相爱不能同时发生，我喜欢你，可也明白你未必要回应我。就像窗外的上弦月，你永远也不会知道我在哪里，是以何种角度仰望你。许下没贴邮票的心愿，层层叠叠压在时光泛黄的抽屉里面。一座城市能让你念念不忘，大概是因为那里曾有你深爱过的人和各奔东西的青春。

"我宁可永远动弹不得，你便天天这般陪着我。"

顾晚绿看着电视上阿紫仰着脸痴痴地看着乔峰说出这句话时，心里一阵生疼。她好想冲进电视里面，大声告诉那个傻丫头，没用的，就算她永远动弹不得，乔峰还是不会喜欢她的。她一心痴恋的姐夫，心里从不曾有过她。

真可悲。可是那又怎样呢？阿紫还是一样爱着乔峰，就好像她，一如既往地爱着范烟桥。

画面转到了辽国，阿紫正在让游坦之帮自己试毒，她要练星宿老怪的化功大法。

顾晚绿却没有心情再看下去，因为她知道这个时间点，范烟桥该回来了。

她撑着两边扶手，快速地移动着自己的轮椅，让自己能够尽快到房前，然后看着楼梯口。

没过多久楼梯的拐角处出现了一个穿着警服的男子，留着清爽的板寸头，古铜色的皮肤以及立体的五官让他整个人看起来都英气勃勃。

那便是范烟桥，执行完公务下班回来的范烟桥。

范烟桥也看见了门前坐在轮椅上等他的女子。

那女子眉眼清秀，一身素色的棉布裙，长发如乌墨一样温柔地垂在两肩，那场景静谧安和得好似镶挂在墙上的一幅水墨画。

他几乎要唤出声来，晚彤。

幸好他还没有丧失理智，走到门前的时候，他朝那女子淡淡地笑着："晚绿，我们不是说好不要在这里等我下班的吗？你一个人我不放心。"

被他推着轮椅的女子好似幸福却又固执地摇了摇头："姐夫，我喜欢在这里等你。"见范烟桥面露不赞同之色，顾晚绿转了转眼珠，"若是姐姐在的话，也会这样等你下班的。"

提及晚彤，男子便无可奈何，只得顺从。顾晚绿扬起好似顽童抢到糖果一般的笑容咧开嘴角，心里却又隐隐地痛了起来。果然凡事只要提及姐姐，他就会妥协。姐姐，果然是通用的钥匙呢！

可是她顾晚绿却忘了，顾晚彤在世时也是一名缉毒警察，平时便公务缠身，怎么会有时间站在楼梯口等他下班呢？

吃晚饭的时候，范烟桥好似想到什么，朝对面的女子歉意地说道："晚绿，这周日的复健我恐怕不能陪你去了，组织临时下达任务，我请了林帆过来陪你去医院复健。"

"哦，没事。其实我一个人去也是可以的。"看到范烟桥担忧的神色，她又用着轻快的语调说，"不过有个人陪着也是挺好的，那就麻烦姐夫你和林帆姐姐说了。"

她其实并不是太喜欢骨头汤，可是和鱼汤相比，她又宁愿喝骨头汤。青花小碗里盛着的是刚刚范烟桥夹给她的排骨，所以就算再怎么不喜欢，她却也舍不得不吃。只是今晚吃的过程中因为有些心不在焉，终于一个恍惚咬到了舌头，并且成功地将排骨里的一个星星点的小碎骨挤在了板牙中间。此刻舌头的疼痛倒是无关紧要，齿缝间的龃龉才是真正地让人难受。她想用舌头舔出来可怎么也不得其法，用牙签却怎么也剔不下来，最后只得妥协，请求外部支援。

"烟桥，你帮我看看，有东西硌在牙齿里感觉好难受。"

仿佛第一次初见的情形，美丽聪慧不可方物的少女也是这样叫他帮自己看看牙齿。当时他涨红着脑袋过去帮她检查，然后少女趁着他全神贯注研究牙齿的时候，飞快地凑近在他的唇边留下清灵一吻。

"呆子，骗你呢！"

可是当初那美丽聪慧的少女却在一次缉毒任务里为了掩护卧底的他，自己主动暴露身份被毒枭痛下杀手，永远地离开了这个世界。

顾晚绿不敢置信地看着面前将自己推开的男子，差一点，就差一点他就要吻上自己了。可是就在唇齿相接的那一刻，他突然狠狠地推开了自己。

她明明记得，当初姐姐就是这么做，然后吻上了范烟桥。那时候她虽只有十七岁，可却也情窦初开，并非丝毫不懂男女之事。

"对不起，晚绿。"男子放下碗筷径直出了房间。

空荡荡的房间顿时就只有她一个人。她看着桌子上的菜，愣了愣随即端起半凉的骨头汤继续喝着，只是偶尔有控制不住的泪水大滴大滴地落下，再被她吞进肚子。

电视里的阿紫眼睛瞎了，正在恳求姐夫帮她治眼睛。因为虚竹说这治法需要一对活人的眼睛方可进行医治，但是乔峰和他却都不愿意为她去夺别人的眸子。于是阿紫不依，最后游坦之贡献出了自己一对眼睛。

顾晚绿看着屏幕上因为复明而欢呼雀跃的阿紫顿时难过得

不能自已。因为她知道阿紫拼命地想复明也只不过是为了看她的姐夫而已，最后同样是为了这个男人，她也愿意生生地抠出眼珠来还给别人。

痴儿何苦。

乔峰是阿紫的劫，早在乔峰失手将阿朱一掌打死而痛苦不能自已的时候，她就深深地爱上了这个男子。

何其相像，她顾晚绿也是在顾晚彤死的那一日，深深地爱上了范烟桥。哦不对，在这之前看到他被姐姐偷亲时纯情地羞红脸庞的那一刻，她就已经喜欢上了这个男人。

在看到这个男人在姐姐墓前一滴泪都没有落下只是傻傻地一只手抱着墓碑一只手给墓碑撑伞的时候，她发现自己早已深深爱上这个男人。

高中时期课本上有篇祭文，是归有光悼念亡妻所作。

顾晚绿清楚地记着那上面有一句："庭有枇杷树，吾妻死之年所手植也，今已亭亭如盖矣。"

不用枇杷树如盖，那人宁愿用自己的身体为妻子遮风挡雨。

认识范烟桥的时候，她和姐姐已是孤儿，她们的父母也是缉毒警察，在一次任务中，夫妻双双因公殉职。如今姐姐逝后，她便彻底成了孤儿。

只是那一刻，她却有些可耻地快乐。因为她知道他知道自己，所以，断然不会让她一个人。

她心里有个小人在冷冷地嘲讽着自己：你看，顾晚绿果然是个有心计的女人呢，连自己已经逝世的亲生姐姐都要算计。

可是除了这样，她还能怎么办？哦对了，为了将这个人永远地留在自己身边，她耍了不少心机，这其中，还包括牺牲了两条原本是用来跳芭蕾的双腿。为了那个人，她甘愿成为残废坐在轮椅上。

那一枪她是有足够的机会躲开的，可是在推开范烟桥后，她没有闪躲，任由地上那人挣扎着将子弹射进自己的小腿。很痛，可是看到范烟桥抱着自己脸上露出那种从来只有担忧姐姐时才会有的心痛表情的时候，她觉得一切都很值得。

顾家的每个人仿佛生下来就是为缉毒事业奉献一生，从爷爷到爸爸妈妈，现在是姐姐。自己因为体质不好所以便没有朝着这条路发展。她学的是芭蕾，如若没有那次意外，可能现在正在哪家培训机构里教学员跳舞呢吧。

爸爸妈妈说过，顾家有一朵警花就够了，还需要一只能够翩翩起舞的白天鹅，两个女儿都是他们的心头挚爱。

现在花枯了，白天鹅也瘸了呢。

不过这只瘸了的白天鹅竟然痴心妄想，喜欢上了自己的姐夫。

她一直小心翼翼地掩饰着自己的那份痴念，终于因为演技太差被他察觉。

去医院复健的那天，令她狂喜的是，陪他来的人竟然是范烟桥。

"姐夫你怎么来了，不是说有公务的吗？"她想尽力收敛自己脸上的笑容，可是笑意就好像被晕开的墨渍，怎么收也收不住，笑意铺满了她整张脸。

范烟桥今天没有穿制服，只是一件普通的白色T恤搭配着老式的深色牛仔裤，可是落在顾晚绿的眼睛里，却是好看得要命。

"临时接到通知，因为特殊境况出现，取消了这次的行动。"他低下头将她从轮椅上抱出来的时候，靠在她耳边说这话时的暖气好似一个蒲公英上飞散的绒毛，轻轻的，柔柔的。那一刻，她甚至想到了那些毒贩贩卖的毒品，范烟桥就是自己的毒品，让她不禁想贪婪地把他所有的一切都深深地吸进肺里。

他就在对面看着自己。顾晚绿一边在护士的指导下尝试着扶着栏杆慢慢移动，一边朝着对面的男子微笑。她告诉自己，他就在对面看着，她得努力地表现给他看。

回到家时她吃着刚刚范烟桥帮自己削的苹果回想着今天在医院里的情景，忍不住咻咻地笑了起来。

刮完胡须的范烟桥从卫生间出来时刚好听见她咯咯的笑声，不禁疑惑地看向电视。

这是天龙八部里的最后一集，屏幕里的乔峰被逼得无可奈何，在众人面前横刀自刎。阿紫哭喊着叫着姐夫，还了游坦之的双眼，最后抱起她心爱的姐夫跳崖。

明明是凄苦悲凉至极的场景，范烟桥很不能明白为何顾晚绿能够笑得这么开心。

"阿紫终于如愿地和她心中的大英雄在一起了，我们应该为她感到高兴。"顾晚绿特意将姐夫二字换掉，然后故意不解地看向范烟桥，"有情人终成眷属，我们不应该为人家感到高兴嘛！"哪怕是死了，那也是成双了，夙愿了了。

范烟桥对她这种典型的小女子想法不是很了解，摇了摇头便回了卧室。看到他回了卧室，顾晚绿这才伸手捋了捋自己的心口，还好还好，范烟桥没有看出其他，自己刚刚也真是走火入魔了。

再看电视上，阿紫的戏份早已经演完了。

星期一早上醒来的时候，照例房间里只剩下她和范烟桥请来白天看护她的梁阿姨。

吃早饭的时候顾晚绿才发现范烟桥在餐桌上留了一张纸条，上面写着："有事，这几天就不要在楼梯口等我了，按时吃饭，照顾好自己。"

像是临时匆忙所写，顾晚绿抚摸着那隽秀有力的字迹，心下却不由得怅然若失。

每次出任务都是这般匆忙，这下又要好久都见不到他了。

她无奈地耸了耸肩，摇着轮椅转进了他的卧室。

果然前几天准备好的东西他还是一件都没有带："又不是去度假，带这些做什么？"她想起当时范烟桥看到自己帮他收拾行李甚至装上腌制的酸豆角时终于忍不住笑的样子。

好吧，她是什么都不懂只知道琐碎小事的平凡姑娘，她碎碎念的一切也都不过只为了一个人而已。

他的卧室里面一直很简洁，一张床，两个床头柜，一个书桌，还有一个桐木的衣橱，除此之外再无其他。床头柜上摆着一副琥珀色的相框，里面是一男一女，身穿白色棒球服的男子正一脸宠溺地看着朝着镜头做鬼脸的女子。

玻璃相框是最易染尘的，可是这个相框却异常干净透明。不必想也知道，那人定是每日细心温柔地擦拭。她拿着那个相框，细细地擦拭着，像是对待一件绝世珍宝。

他是最爱这相框的，既然他不在，那就由自己来替他擦拭吧。

2011年9月27日，顾晚绿终于见到了范烟桥。

躺在医院病床上的范烟桥，上面覆盖着一层白布。

她呆呆地看着被白布盖着的范烟桥，她的大英雄。就算此时此刻面无血色，他还是那么好看。

她刚能走路没多久，每次只能小心地迈上几步。她其实并不希望自己能走路，但是他希望，于是她也就装作开心欣喜的样子，努力地去复健练习。

现在终于能走了，不过他却看不到了。

她坐在椅子上也不哭，就是呆呆地看着她的大英雄，听着身边那些他的同事失声痛哭，说着他是如何的英勇，为了其他同事的安危牺牲自己。

听到他被连射几枪后，她不禁就伸出了手想摸摸他，摸摸那些被洞穿的孔，那么多的洞。自己当时腿上只不过被射进了一颗子弹都疼得要死，而他是七颗，那该是怎样的痛楚。

就算被追授二等功的荣誉，那又怎么样？

下葬的那一天，顾晚绿等到所有人都离开的时候，偷偷地摇着轮椅又回到公墓园。她找到刻着范烟桥的墓碑，然后慢慢地从轮椅上站起来走到他旁边。

就像是两年前他一手撑伞一手抱着姐姐的墓碑那样，她一只手举着伞，一只手抱着他的墓碑。

那个相框被她端端正正地摆放在墓碑的正前方。

"你如愿了，这下你真的成了我的姐夫。"

是的，姐姐走的前一周，他们才预订了影楼拍婚纱照。后来婚纱照没拍成，姐姐就走了。

现在他也走了。

阿紫知道她心心念念的姐夫心里永远只有一个阿朱姐姐，却始终做着痴梦。她又何尝不是？

只是现在，梦醒了，人没了。

她忽然想起很久之前，自己在博客里写的那一段话。

爱情里最悲伤的事是相爱不能同时发生，我喜欢你，可也明白你未必要回应我。就像窗外的上弦月，你永远也不会知道我在哪里，是以何种角度仰望你。许下没贴邮票的心愿，层层叠叠压在时光泛黄的抽屉里面。一座城市能让你念念不忘，大概是因为那里曾有你深爱过的人和各奔东西的青春。

你只是不够勇敢 ◀

2014年年末，电视剧《何以笙箫默》大热。在那一段时间里好像所有人都不约而同地为它刷屏，走在路上都能听到"何以琛"或者"赵默笙"的字眼。很多女孩子抱怨说自己身边怎么就没出现过像何以琛那样的完美痴情的男子，果真这样的人物只能存在于荧屏里。却忘了问一问自己，有没有赵默笙一样的勇气。

兔子姑娘以为考上了大学就可以永远地摆脱数学这一门每每想起就让她悲喜交加，找个人说感想，发上三天三夜的牢骚也说不完的科目，而事实上，兔子姑娘错了。

连做梦好不容易梦到暗恋了七八年的男神都和数学挂上了关系，兔子姑娘不知道是该哭还是该笑。

　　四年里，兔子姑娘做了N个白日梦，就这么一回梦到了他，还是那么功德圆满。可不是，都梦到一起去接在幼稚园读书的小女儿了，怎能不美？关键是两人走在路上的时候，兔子姑娘一边牵着女儿的手，一边问他："老公，你的《高中三年数学习题精练》什么时候出版啊？兔子姑娘的新书这周好像就要上市了。"而后，画面一转，兔子姑娘在书店里抱着那本总编为温明安的习题册做花痴状，结果被前来买书的学生当作怪阿姨。

　　醒来后想咧嘴笑，她却突然难过得不能自已。

　　八年前兔子姑娘在明德读初一，当然兔子姑娘数学的噩梦也是从那个时候开始的。原本在小升初中被本市最好的私立中学提前招进了强化班，兔子姑娘还是比较沾沾自喜的，并且也耀武扬威得意了一个暑假。但是这份得意在第一次月考中戛然而止。

　　从那时候起，兔子姑娘才知道，大家不应该责怪井底之蛙目光短浅，因为它真的不知道，天有多高，地有多博。

　　而兔子姑娘，就是这么只井底之蛙。

　　那个长得高高大大，虽然已经中年，但用妈妈的话说，气质不凡、风度仍在的数学先生查老师，在距离第三节课上课还有将近五分钟的时候，提前到了教室。当然，伴随着他一同到来的，还有一摞数学试卷。昨晚考的试卷，他都已经批改出来了。

兔子姑娘想，不一定所有的老师都会喜欢当着学生的面，按名次报分数，叫人一个一个上去领试卷，可是，却也不乏好多老师，他们选择这种方式。于是不过几十张试卷，却有金字塔的顶端和底端之分。

在他没报之前，兔子姑娘以为自己会是那个顶端。但事实上并不是。兔子姑娘高估了自己，也低估了其他的学生。被他报到名字的第一个同学，是满分，第二个，是满分……第十七个，还是满分。

已经被他叫到名字，并已经得知自己分数的同学，无一例外，都带着谦虚沉稳的表情，走出座位，走上讲台，领着试卷，走回座位。班级人数不多，因为是强化班，所以只有三十八个人。所以这等待，实际上并不漫长。

可兔子姑娘却觉得好漫长。仿佛他一开口念一个同学的名字和分数，就是一年的时光。

终于，在第二十四个人领完试卷回到座位上的时候，兔子姑娘听到了自己的名字。

94分。第二十五名。

……

班级里有二十一个满分，十六个九十几分的。当然，还有一个是九十分往下的，八十八分。最后一个念到名字的，是个皮肤白皙、身穿泡泡裙、洋娃娃一般的女孩子，当听到查老师说要请她的父母晚自习的时候打电话给他时，一双琉璃似的眼珠，便好似两个泪水发动机，止也止不住。

然后，兔子姑娘们全体端正坐好，听老师对第一次周练的总结。他说，在他眼中，这么简单的试卷，作为小班的学生，应该人人都考一百分，九十分勉强能算及格，怎么还能有人考出八十几分这种如此差劲的分数？

说完，他看了看那个还在抽泣的女孩子，又软声道："孩子，老师不是怪你，只是你要知道，凭你考的这个分数，在咱们A班是待不下去的啊。你看看，这分数也太低了吧！"那女孩一边抽泣着，一边点着头。原谅兔子姑娘将这句话记得这么牢，并不是对那个女孩子特别关注，而是，在之后的初中三年里，这成了数学老师每次找兔子姑娘谈话的口头禅，开门必说之语。

兔子姑娘有一个成绩记录本，那是母亲到香港出差时帮兔子姑娘带回来的礼物，厚厚的，欧式印花铜版页笔记本。她知道兔子姑娘喜欢收藏各式各样的笔记本，特别是带有印花的。

这个笔记本，兔子姑娘舍不得用，最后却拿来做了成绩记录。当兔子姑娘升入高中，考上大学，进入公司工作时，这个笔记本，一直都躺在她的书柜的橱窗里，保存完好，仍像妈妈当初新买下的模样。

打开它，第一页，上面工工整整地写着，兔子的成绩物语。这几个字周围还用淡蓝色的荧光笔画了许多的花瓣线条，极为用心。

第二页，上面便有记录了。

2002年9月7日，（周练）语文93分，班级第二。数学94分，班级二十五。英语93分，班级十二。

2002年9月15日，（周练）语文90，班级第三。数学89，班级三十四。英语97，班级第四。

2002年9月22日，（周练）语文93.5，班级第五。数学92（满分120），班级三十七。英语117，班级第二。

兔子姑娘之所以对那次数学周练印象深刻，并不是因为自己考了倒数第二这样差的名次，（当然，这也是原因之一）而是因为，兔子姑娘记得那个比她少了两分，因此考倒数第一的男孩子。

他是兔子姑娘的同桌。他叫温明安。

他进班的时候，是整个初一年级第一。前两次，他也考得很好。

当然风水轮流转，谁也不能说自己就是永远那么优秀。只是，兔子姑娘还是有点诧异，还有点莫名的失望。

被查老师课上批评，课后请进办公室，这是必然的程序。兔子姑娘算是二进宫了，可听到下课要去办公室的时候，还是很紧张。那节课，兔子姑娘都不知道老师讲了些什么。满脑子都是进办公室后的情景想象。兔子姑娘的手心里都是汗，她害怕。

查老师上课的时候虽然批评了兔子姑娘，可是他没叫自己的父母打电话给他。如果，到了办公室，他会不会提起来？还有，办公室里有好几个老师，也不乏下课过来送作业本习题册的课代表们，被看见，也是件很丢脸的事情……兔子姑娘越想越不安，感觉自己整个人都好像困在一个火球里，出不去了。

这时候，数学老师突然说下面的几个几何证明题，他刚才已经讲过了，现在找几个人在黑板上搬演。

兔子姑娘祈祷着他不要找自己上去，因为兔子姑娘刚才根本就没有听，可是他的目光在下面学生中逡巡了一圈，还是挑了兔子姑娘这一张桌子，还有其他两个本次周练分数较低的学生。

兔子姑娘慢慢站起来，犹豫着是直接说自己不会，还是先上去做，等到解答不出来再挂在黑板上……可是，兔子姑娘还没有考虑好的时候，有一只手以迅雷不及掩耳之势，将兔子姑娘的试卷和他的试卷对调，然后，拿着兔子姑娘的试卷走向黑板。兔子姑娘愣了几秒之后，拿着试卷，也走向黑板。

这张卷子上，认真地写着解题思路。这不是刚才上课时候做的，因为查老师上课讲题的时候，从来不允许大家动笔摘录，他要求大家课前预习，课后订正巩固。

这解题思路，应该是发下卷子的时候，他就开始演算订正的。兔子姑娘看着上面清晰的解题思路，稍微理了理，便将那道几何题证明了出来，然后顺利回到座位上。

兔子姑娘不知道他是如何知道自己不会的，还有他为什么要帮自己，可是兔子姑娘的心里还是高兴了一把。兔子姑娘坐得笔直端正，快下课的时候，才小声地对他说了句"谢谢你"。

然后，她收获了一个如阳光般温暖的笑容："不客气。"

那一刻，兔子姑娘想他也许就是中世纪的骑士，而自己偷偷喜欢上了这个骑士。

只是兔子姑娘也知道，骑士守护的，不会是卖火柴的小女孩。他喜欢的，永远是城堡里的公主。

于是，那个时候兔子姑娘练就了一种神功。这个神功可以让兔子姑娘在任何时候任何有他的地点花最短的时间就能用眼角的余光将他从人群中找出来，然后装作若无其事的样子却在心里一遍一遍描绘他方才的样子。

兔子姑娘学会用漠不关心的态度去疯狂关心他的每一件事。他开心不开心还是假开心，兔子姑娘能一下子就分辨出来，他喜欢打球兔子姑娘就去撺掇其他同学一起去看，然后在别人为他尖叫加油的时候在心里也为他大声地呼喊，表面上却不动声色。他考了第一，兔子姑娘会比自己考得好还要开心，却在大家祝贺时也淡淡地送上一句"恭喜"。

兔子姑娘很喜欢他，可是她也很怕别人知道自己喜欢他。

爱情使人盲目，暗恋却会让人变聪明。

于是那三年里，兔子姑娘成功地伪装了一个自己不喜欢他的假象。伪装到最后，他也相信了，甚至在初三临毕业的时候告诉兔子姑娘，他有时候总感觉兔子姑娘很讨厌他，可是他并不知道自己哪里让兔子姑娘讨厌了。

兔子姑娘朝他微笑摇头，其实她一点都不讨厌他。见他一副不相信的样子，兔子姑娘努力和他解释，也许是因为班上喜欢他的女孩子很多，习惯了这种众星捧月的方式，所以当出现兔子姑娘这么一个异类时，他才会产生异样的感觉。最后兔子姑娘又郑重地告诉他，自己真的一点点都不讨厌他。

明明喜欢得入骨，怎么舍得去讨厌？

兔子姑娘的数学在中考的时候仍然拖了后腿，不过兔子姑娘并没有因为和他不在同一个高中而伤心。兔子姑娘知道自己的水平，就算超常发挥充其量也只能留在本校，可是他不一样，他是被寄予厚望要考H中的人。

临中考前一天是兔子姑娘的生日，对着蛋糕上的蜡烛许愿时兔子姑娘无比地虔诚。也许圣母玛利亚听到了兔子姑娘的祈祷，达成了她的心愿。

她让温明安成功地考上了H中的公费生。

只是兔子姑娘的分数连明德都不能上，只能去一个偏僻的与之相离十万八千里的曾经辉煌过的三流高中。

兔子姑娘搜集着所有关于他的点滴，包括小道消息和QQ空间里的动态然后来推测他的现状，却没有鼓起勇气在聊天室主动和他说过一句话。偶尔他发来一句节日祝福的话，兔子姑娘可以开心很久，虽然也知道可能这只是群发。

兔子姑娘努力地让自己变得优秀再优秀一点，如果不能与他并肩，至少不要差得太远。不过兔子姑娘估算了所有可能，也做了许多美梦噩梦，却忘了最基本的一点。

他不可能在原地等兔子姑娘。更何况他们俩都没有过什么承诺，甚至于他都不知道兔子姑娘喜欢他。

所以当初中的好友无意间说起他在大学里有了女朋友时，兔子姑娘虽然错愕之后难过得要死，可却清楚地明白自己没有丝毫难过的权利。

兔子姑娘记得自己当时用着寻常好奇的语气问她怎么知道的，然后好友回答说："你看看他空间的状态就知道了。"

兔子姑娘没有主动点开过他的空间，一般都是每天刷几次动态，然后在这些动态里再搜找他的动态，仔细看，却并不点开。兔子姑娘觉得这样就会造成兔子姑娘没有看过他的假象。

可是这次兔子姑娘想要点开他的空间却发现已经有了权限，兔子姑娘进不去了。空间只对指定好友开放，而兔子姑娘不在其中。

兔子姑娘默不作声地关掉页面，当作什么也没发生过。

也不用当作，兔子姑娘和他，本就什么也没发生过。

兔子姑娘太胆小，不够自信。所以就算骑士偶尔花了眼救了兔子姑娘，最后兔子姑娘还是会乖乖地缩回自己的龟壳里，不让他找到以防他有后悔的余地，却忘了这样的做法也没给自己留有一点希望的余地。这不是决绝，只是太懦弱。

　　2014年年末，电视剧《何以笙箫默》大热。在那一段时间里好像所有人都不约而同地为它刷屏，走在路上都能听到"何以琛"或者"赵默笙"的字眼。很多女孩子抱怨说自己身边怎么就没出现过像何以琛那样的完美痴情的男子，果真这样的人物只能存在于荧屏里，却忘了问一问自己，有没有赵默笙一样的勇气。

趁着年轻，

Part 3

努力去奋斗

面对不完美的自己，我有什么资格哭泣

眼泪对于那些心肠柔软的人来说的确有用，可是，这有用也存在着一个期限。就像狼来了那个故事，起初你哭了，大家会着急地连忙过来安慰你，生怕你那颗小心脏承受不住一丝丝的伤害。然后你又哭了，大家还是会急忙过来安慰你，还是会担心你。循环过很多次，你再哭，别人只会认为，你不是遇到伤心事哭，反而哭是你的一种兴趣，这时候，眼泪再也不能为你博得任何的同情心。面对不完美的自己，我们又有什么理由和资格哭泣？

假期在哥哥家玩，小侄女悠悠神神秘秘地拉了拉我的衣角，示意我到她房间里，她有悄悄话要跟我说。跟着她到了小房间里，她却立刻像一只小仓鼠那样飞快地跑到门边，贴在墙上好一会儿确认哥哥没有偷听后，才开始放松身心地和我说话。

她瞪着一双圆溜溜的大眼睛问我："小姑姑啊，你小时候考试没考好，姑奶奶会不会揍你啊？"我仔细回忆了下，然后诚实地回答她："有时候会揍我，有时候不会。不过通常情况下，你姑奶奶会狠狠地训我一顿。"

"那揍你的时候，你会不会哭？"

"有时候哭，有时候不哭。"

我似乎已经猜到这个鬼精灵神神秘秘地要和我讨论什么话题了。如果我没猜错，悠悠应该是要和我就她期末考试没考好的事情共商大计。

果不其然，她立刻不赞同地鄙视了我一眼："小姑姑，你应该哭。只要姑奶奶一揍你，你就大声地哭泣。哭得越伤心越好，要是能哭它两个小时，姑奶奶就不会打你了。"见我一副没明白的样子，她开始传授经验。

"期中考试我没考好，回到家爸爸狠狠地训了我一顿。我都被他训得哭得眼睛都像兔子一样红了。姑姑你要知道，我足足地哭了两个小时爸爸才心软。"

我一副虚心请教的样子很是让悠悠有为人师表的成就感，于是她开始滔滔不绝起来。

她还告诉我，上次班级抽考，她数学仅仅考了七十六分，是班级倒数第九。数学老师让八十五分以下的同学都要把卷子带回去给家长签字还要写上意见。

"毫无疑问，我爸爸和妈妈看到这张卷子肯定是会暴跳如雷的，搞不好我爸爸就会赏我一顿'皮带炒肉丝'。于是我想了个办法，还没回到家，我先想象着爸爸看到卷子时的场景，一害怕眼泪就掉了下来。我就接着哭，边哭边回到家里。我果然没有猜错，爸爸一看到我哭，就没有批评我。他帮我签了字然后就没有再说我了……"

我笑眯眯地听她讲完，然后帮她总结："所以说，每当你考试考不好的时候，对付你爸爸妈妈的绝佳武器，就是眼泪对不对？"

"小姑姑你真聪明。"

看着她沾沾自喜的模样，我突然想到了我的一位同事。

那是一个长得格外玲珑小巧的姑娘——茉，天生就是一副梨花带雨惹人怜的模样，嘴巴又甜，一开始很多人都非常喜欢她。

可是渐渐地，她开始发觉周围人对自己的态度有了很大的转变，大家对待她的态度从热心到冷漠。再到后来，机构里没有人关心她也没有人理解她，陪伴她的，是自己无穷尽的眼泪。

她含着泪珠子趴在办公桌上告诉我，她不明白为什么会是这个样子，现实怎么就这么残忍，大家怎么就这么现实？

从茉进机构到现在的六个月里，我不止一次看到她被叫进办公室，出来后就是一副泪流满面的伤心模样，告诉我因为什么事情没有做好，被S校长批评了。起初我看着她哭得那么伤心，真正是我见犹怜，大家都连忙过来安慰她，告诉她S校长人就是这样，做什么事情都十分严谨，私下里也是一副不苟言笑的样子，但是只要认真工作，他不会故意找碴的。然后好几个热心老师又手把手地将自己的工作经验，譬如编写教案提纲、制定针对性辅导计划或者是整理学生文档的一些窍门秘诀告诉她。

然而我发现，无论大家怎样安慰她，抑或是告诉她怎么去更好地工作，每个月，她总是要哭着出来好几次，不是因为没有提前备课就是教案没来得及审核，或者是编写不过关，再或者是帮学生一对一辅导的时候偷偷地看了几分钟手机……

在她看来，校长和主任们总是那么吹毛求疵，故意找她麻烦，欺负她性格软弱，所以总是批评她，却很少批评其他老师。

可是，她却从来没有想过，为什么校长和主任大多时候只批评她而很少批评别人？也许的确存在偏见，可是，为什么会存在偏见？她只是一味地哭泣却从来没有从自身开始找原因。

如果她在第一次哪怕是第二次因为没有做好自己本职工作被批评的时候，不是选择一如既往地哭泣掉着无用的泪珠，而是认真地倾听大家告诉她的各种窍门方法，重新备课和编写教案，上课时专心致志，不要分神把注意力放在其他事上。那么，S校长和主任还会像她哭诉着告诉我们的那样，隔三岔五地就会指责批评她吗？

然而，她并没有意识到所有眼泪的源泉大都是归咎于自身的原因，面对一切不如意，她唯一的选择就只有眼泪，她以为，会让人心疼同情的眼泪。

"小姑姑，我现在都觉得自己练成了一种能将眼泪收放自如的功夫，我想哭就哭，想收就收。"

她发现眼泪就像一块免死金牌，能让她在应该受惩罚的时候可以逃避惩罚。

可是然后呢？

因为尝到了眼泪的好处，所以把更多的注意力放在逃避应该承受的惩罚上，反而忘了初衷，忘了去思考如何避免错误，如何提高自己而不是去逃避犯了错应受的惩罚和教训。

"那你这次期末考试没考好怎么办？还是打算用眼泪来应付你爸爸吗？然后呢，逃避了这一次，下一次考不好怎么办？悠悠你是打算一直这样恶性循环下去吗？"

姑姑告诉你，眼泪对于那些心肠柔软的人来说的确有用，可是，这有用也存在着一个期限。就像狼来了那个故事，起初你哭了，大家会着急地连忙过来安慰你，生怕你那颗小心脏承受不住一丝丝的伤害。然后你又哭了，大家还是会急忙过来安慰你，还是会担心你。循环过很多次，你再哭，别人只会认为，你不是遇到伤心事哭，反而哭是你的一种兴趣。这时候，眼泪再也不能为你博得任何的同情心。面对不完美的自己，我们又有什么理由和资格哭泣？

姑娘，你为什么要努力工作

菟丝子需要依附在别的植物上才能存活，在如今这个世界上，菟丝子一样的姑娘太多。谁不想自己不工作就可以有无尽的"毛爷爷"使用，如果有了稳定的饭票，谁愿意再拼死拼活地加班领着一份刨去水电住宿费后都不足以买前几天在百货商场里看中的大衣的薪水？

前一阵子看了《女神新装》第二季，女神倒是没有给我多大的惊喜，可是在里面长驻站台买手的一个小胖子总裁却让我欢喜得很。

如果不是女神新装，孤陋寡闻的我可能根本不知道D2C这个牌子，但是现在却喜欢上了这个出手豪爽大方到任性的小胖子总裁，甚至于在享受了N多福利礼品后义无反顾地加入了他的微博后援团。好吧，我承认我有些私心，加入这个后援团只是因为在微博上看到他说会不定期地照顾后援团的宝贝们，能够更快更多地享受福利礼品和红包。

加入后援团后我只抢到了一个一块五的运气红包。在连续几天群里消息不停刷屏后，耐心少得可怜的我选择屏蔽了它，只有偶尔看到微博消息提示点进群里发现红包没有后连连叹息再顺手向下看几条群消息。

重点来了。

我看到里面一群姑娘在不停地刷消息，而几十条消息的主要信息都只有一个——"嫂子"来了，大家都在对嫂子打招呼。

原本还在纳闷哪来的嫂子，后来灵机一动才想起，在这个后援团里的嫂子，那只有我们任性总裁的夫人了。

按捺不住好奇心，我循着轨迹找到了传说中的嫂子微博，微博名叫闫一一。

在我的想象中，与CEO相配的那定然是倾国倾城的美人。现在也有个说法，不是电影女明星便是微博淘宝网红。

点开一看，果然是美人。大约是先入为主的观念，我仔细地看着头像也觉得特别像群里所说的某个婚礼上大半个娱乐圈都来捧场的新娘。微博名备注是XX签约模特，与我理解的稍微有些差异。我在想，怎么不是总裁自己家的签约模特呢？不过这么漂亮的姑娘配上任性总裁胖力力，也不委屈。

至少啊，她可以锦衣玉食不愁吃穿，至少啊，她可以用各种奢侈品来维持甚至让自己更美貌，至少啊，她有一张长期稳定的饭票。

顺着微博往下看，发现了这个姑娘的与众不同。原以为做了CEO的女友会很优越，这种优越就是说自是不用拼死拼活地工作，每天最大的任务就是把自己打扮得美美的，去百货商场里逛个街，和打扮精致的闺密们喝个优雅的下午茶，闲暇时光再拍几个自拍发在微博空间朋友圈里，引来无数声艳羡和无数个点赞，大多网红都是如此。

然而这个姑娘她没有，微博更新得不算频繁，对比其他网红而言甚至可以说是少。自拍什么都有，然而十张照片有九张都是工作照片，就连拍摄的小视频也是工作视频。在翻阅近一个小时后我发现，最长的时间段里，她连续地工作了近20个小时。

而这个时候，微博种种迹象表明，她已经是总裁的未婚妻。

终于明白她不是我理解的那种娇花弱柳，不是那种有了饭票后就以为高枕无忧于是终日享受的女孩。相反，她是个不折不扣的工作狂。

于是不由得肃然起敬。

菟丝子需要依附在别的植物上才能存活，在如今这个世界上，菟丝子一样的姑娘太多。谁不想自己不工作就可以有无尽的"毛爷爷"使用，如果有了稳定的饭票，谁愿意再拼死拼活地加班领着一份刨去水电住宿费后都不足以买前几天在百货商场里看中的大衣的薪水？

其实不必泛泛地说别人，我自己和好友每日去机构上课的上下班路上，说得最多的一句便是期望赶快有一个人来养自己，这样就可以不用工作然后安心窝在家里。

对比女神，顿时觉得自己这种心态羞愧得可怜。

微博上给她设了特别关注。我是打心眼里喜欢上了这个美貌上进、工作起来像拼命三郎一样的女神姑娘。

在一个周末的下午，刷微博时看见有提示，点开一看，女神竟然开始研制销售独家柠檬鸡爪。在看到诱人万分的食物美图后心痒痒，吃货的直觉告诉我这个名叫"随便"的鸡爪味道可并不随便，于是没有丝毫犹豫我便买了两瓶随后开始了满满的期待和等待。而事实告诉我这个决定是明智的，味道好吃到我直后悔只买了两罐。

在鸡爪被宿友们一起瓜分的同时，我又忍不住在心底感慨，人这么漂亮也就算了，竟然还是个工作上的拼命三郎，工作努力也就算了，竟然还有一手好厨艺。在这个颜值横行的年代，姑娘你占着颜值还拼实力，叫其他人怎么办？

甚至于这鸡爪，还成了我馈赠闺密的不二吃物。

在各路网红争相卖衣服的时代，作为一个专职模特的女神，她的副业便是研制鸡爪。

收到鸡爪时我拍了图连同自己吃鸡爪的真人秀传到了网上，同为吃货的同学好友们看到，纷纷询问。我像一个写了跑题作文的小粉丝，人家问鸡爪，我拼命地给他们讲述这个做鸡爪的老板，我希望大家喜欢鸡爪更喜欢这个会做好吃鸡爪、努力上进的姑娘。

从一开始的烧制到出快递单都要亲力亲为，再到与一家小型的食品作坊合作。从每日几十罐到几百罐，从手写快递单到机打快递单……

后来女神自己注册了商标专利，做得越来越大。

前段时间刷微博时无意间看到了她发的一条微博，大致是："我二十岁的时候开得起路虎，二十四岁也照样可以将二十块钱一罐的鸡爪做成上百万的利润，从微小事做起，你不能不努力。"

相比于那些在微博和朋友圈整日发鸡汤煲鸡汤而空谈教育和生活的人，这个姑娘用自己的实际行动和努力证明了鸡汤不光只是看和空谈而已。

再后来女神结婚了，作为模特拍过无数次美艳绝伦的婚纱照，这一次，披上了属于自己的嫁衣。塞舌尔的海滩上，她美到让海风都熠熠生辉。

施力那个任性的小胖子，娶到这么美又这么好的姑娘，当真是幸福得在睡觉的时候都应该弯起唇角偷笑。

那些难熬的时光，你熬过了吗？

也许你无人帮助，无人理解，无人支持，无人嘘寒问暖，也许你差点万念俱灰想过放弃，可是，如果咬牙坚持过去那段难熬的时光，你想要的一切，必定会在合适的时候，以一个完美的姿态等待你。

1

前些日子在微博上看到苦茶姑娘配合出版社的宣传活动，晒出了自己的新书《那些难熬的时光》，转发并评论微博将会有机会得到免费的签名书。我微笑着看她微博上印着兰花纹样的封面，自发地在下面点了个赞："恭喜哇，加油哦！"

点开电脑里的音乐播放软件，随机播放了一段纯音乐，还没来得及看歌名，便听到手机里微博消息的提示声。点开一看，苦茶姑娘回了一个甜甜的笑脸："谢谢亲爱的。"

我和苦茶姑娘相识已近二十年，从幼儿园一起背着米奇头的书包，到初中一起省下零花钱办了阅读书卡，窝在书店里一待便是一整天，到高中睡在一个被窝里探讨报考的志愿，再到大学里买了长长的棉纺布裙去丽江吹咸湿的海风，再到工作。

对于写文章，那是苦茶姑娘一直坚持并热衷的爱好。从最初在精美笔记本上的纸质手写稿到如今摆在新华书店里的铅印书本，从一首首小诗随笔到现在动辄十几万字的小说，虽然我不是她写字的动力源泉，然而我仍庆幸，在她的写作历程里，我能够一直做着她最忠实的读者。

2

每个写文字的人都会希望有一天能看到自己的作品变成铅字陈列在书架上。苦茶姑娘也不例外，只是除了陈列在书架上，她更希望有一天能亲手把印有自己名字的书籍送自己高中时期便满心仰慕的清朗少年J君。

那个在她高一期末考试因为作文走题而被改卷老师判为走题只给了15分时对她说了一句"写得很感人啊，我看了都有些想哭呢！"的少年；那个将她写的每一篇文章都认真看并在后面标注自己想法和观点，查询渠道帮她投稿，让她的文章第一次可以登上报纸的少年；那个在高三毕业时在她留言册上用隽永有力的字迹认真写道"希望以后能收到一本印有你名字的书册"的少年；那个让她一头栽进文字不归路，就算被退了无数次稿无数次石沉大海，仍能重燃斗志重新码字的少年。

那些赶稿的日子里，苦茶姑娘每天要熬至深夜第二天顶着一对浓重的黑眼圈上课，疲倦到了极致还要强忍着打哈欠的欲望。若是苦茶姑娘胆子大些像其他人一样逃课倒也不至于受这些罪，偏生她胆子小，连马克思主义毛泽东思想之类的公共课也不敢缺少一节。

然而熬夜写稿是一回事，写不写得出来又是另外一回事。苦茶姑娘的打字速度并不慢，可是写小说却和打字速度无关。有灵感时对着屏幕能够噼里啪啦地敲出一堆字，但是没有灵感的时候，就算面对着笔记本坐上一个下午都不见得能憋出一千字。

更何况，有灵感时敲出的那堆字在经过她事后两三次的自我检查和删改后，若是剩下原本的三分之一就已经够苦茶姑娘谢天谢地了。

3

工作的那些日子里，夜里好几次接到苦茶姑娘的电话或者是收到她发来的短信，告诉我她现在真的要绝望了，再也不想写了。

"包子你知道吗？我那个熬了许多个通宵写的选题，终审时改了不下十遍，最后自己看着屏幕都想吐了。可是最后编辑审核定稿的时候，告诉我说因为写得太像小说了，不是现在流行的励志暖文集子，退稿。"我接到过很多这样的电话，在苦茶姑娘的那本处女出版作品还没出世之前，每次只要被退稿，她都会打电话给我。

"我发誓，我绝对不要再写了。谁喜欢谁去写，反正我肯定不会是写这块东西的料。"可是电话那头在发狠过后，依旧会传来低低的哭泣声。

"包子你说我真的写得不好看吗？他曾经说过我是有写作天赋的人啊。你记得吧，高中作协举办的全国高中生作文现场比赛我还是特等奖呢，可是为什么一直会被退稿啊？我真的快要崩溃了，按道理说退稿这种事我应该习以为常了，可是为什么我每次还是这么难过，心就像被刀割过一样……"

对于她的悲伤哭泣，我虽难过可毕竟不能做到感同身受，我所能做的，就是在电话里一遍一遍地鼓励她。

我和她说，你的每篇文章我都很喜欢，况且你也从来都不缺乏天赋。你所要做的，就是等风来，在风还没来的时候，扎紧自己的翅膀，好让风起时你便能随风飞到想要到达的高度。

4

今年的元旦假期，苦茶姑娘迎来了她的第一份成功果实——那是一本浅蓝色封面，作者署名苦茶姑娘的励志暖心书籍。

随后朋友圈和微博圈一片哗然，苦茶姑娘告诉我现在很多人开口闭口都称呼她为作家，一想到这个名词，她就忍不住起了一身的鸡皮疙瘩。她说："我还是更喜欢别人叫我写者，作家这个帽子好重，戴着它我担心自己的头会被压扁。"

她说自己不是天才，最多也只是有了那么丁点天赋而已。她也不是个意志坚定的人，比如说从小立志成为一名作家，甚至于，她每年都要赌气说弃笔好几次。可是最终她还是咬牙坚持了下来，因为她坚信脚踏实地地努力终究会有成果，也许这成果只是来得迟一点。

第一本样书，在不久之后寄到了苦茶姑娘欣赏的少年手里。陪苦茶姑娘去寄快递的时候，苦茶姑娘笑着指着书说："你的出世哇，首先要感谢包子干妈和J干爸。"那模样，俨然一副准妈妈的样子，我不禁咧开嘴角。

上天从来不会亏待努力上进又自持的人，许多的努力不是一下子可以看到成果，很多人往往十年磨一剑，或者是二十年，或者一生。愿意付出坚持的代价的人,终究可以享受到成功的喜悦。

别怕黑，天总会亮

可是请你相信，沧海都能成桑田，那埋在沧海中的石头也终会露出水面。事情总有真相大白的一天，委屈和误解也终有被洗刷、被别人理解的一天。别怕黑，天总会亮的。

你有没有被人冤枉误解过，拼命解释却没有人相信。那些扑面而来的羞辱蔑视，好像无数个染着毒液的长矛，狠狠地朝着自己的心脏刺去。拔出来鲜血淋漓，每一份痛，都仿佛片刻就要死去。

两个月前，我的宿友A姑娘被老板认为拿走了所在的教育机构里的学员客户资料，在辩解无效的情况下等于是"屈打成招"。

回到宿舍里，她埋头痛哭,倒是吓坏了我们三个。问清事情的缘由后，我们自然要一起安慰鼓励她。A姑娘是学霸级别的人物，再找一个教育机构在里面做英语辅导老师，自然是轻而易举的事情。

可是A姑娘摇了摇头，她在意的不是工作，而是信任乃至人格问题。

"我没有拿就是没有拿，他没有任何的证据就说是我拿走了客户资料，这对我太不公平！"

A姑娘所在的教育机构是私人辅导机构，里面除却负责人，算上周末代课的老师，也就六位老师。客户资料丢失的那个晚上，凑巧机构的负责人不在，而当时负责看管学生的，也就只有A姑娘，好巧不巧，那天A姑娘还真的就在整理学员登记表，刚好用到了客户资料。

当然，怀疑A姑娘还有另外一个原因。两周前，A姑娘所在机构的负责人曾亲眼看到别家机构的招聘负责人在小学门口宣传的时候，向A姑娘抛出了橄榄枝。

向A姑娘伸出橄榄枝的机构，是无锡新区三大著名的教育机构之一。

这样联想起来，似乎A姑娘连作案动机都有了。

我们建议A姑娘辞职，但是白白丢掉一个月的工资似乎又太不甘心（A姑娘所在的机构每个月发上个月的工资，签订合同，如果做不满一年离职，便要扣掉一个月的工资）。

无奈之下，A姑娘只好硬着头皮继续去机构上班。

晚上回来的时候，A姑娘的眼睛红肿得似乎已经可以和兔子媲美了。

很明显，A姑娘又哭了。

今日按例是发工资的日子，A姑娘所在的辅导机构虽然是私人机构，工资制度倒也透明，每人每月多少钱都会有个表格张贴出来。

A姑娘因为客户资料的关系，被生生地扣除了五百块钱。此外，在工资表格的旁边，还有一个说明，A姑娘的名字赫然在列。

"受不了了，我再也没法待在里面了。"A姑娘终于下定决心要离开那里。

"那你不要那一个月工资了？"A姑娘摇了摇头，损失了一个月的工资虽然很是可惜，可如果继续待在那个压抑自己的地方，她会疯掉。

于是A姑娘终于离开了那家机构。不像许多辞职者那样，离开时还有个关于辞职的情怀说法，诸如此类"世界那么大，我想去看看"的话，她很直接也很坦诚地和负责人说，因为上次那件事，她受到了严重的污蔑。走之前，她还是忍不住要为自己说明："客户资料真的不是我拿的，可是我也的确不知道它为什么不见了。"

A姑娘离开了那家她工作了近一年的机构，很快联络到了之前向她伸出橄榄枝的那一家机构，并在里面继续做一名初中英语辅导教师。

她原以为，那一份不白之冤会永远跟着自己。谁料在她到新机构工作的第二个周末，原来机构的负责人给她打了电话，告诉她机构的确是冤枉了她。

那本学生客户资料是被一名小学生的奶奶给自己的孙女收拾书包时不小心收进了书包里，后来几周后学生的妈妈帮她清理书包时才发现，于是连忙带来还给机构。

真相至此大白。

电话里负责人向A姑娘郑重道歉并恳求她重新在那边上班。A姑娘自然婉言拒绝了，她也不虚伪地像别人一样用客套话来应付机构，而是直接告诉机构："现在客户资料找回来我很高兴，终于能够洗刷我的冤屈了。不过就像覆水难收一样，这件事给我造成的阴影和影响我也要好久才能消化。不过，真的还是谢谢你打这个电话告诉我。"

A姑娘告诉我们，接完那个电话，她心里终于落下了一块大石。虽然前一阵子遭受不白之冤，她的心情一直处于低潮，可是现在，终于开始回转。

A姑娘的经历让我想到了我刚上四年级的小侄女安安。

前一阵子哥哥打电话来告诉我安安跟他讲，她不想上学了。

原因是她讨厌教她们的那个数学老师。

为什么讨厌？

因为在一次数学考试中，安安和她的同桌考了一样的分数，错了同一道应用题。

数学老师在没有任何证据的情况下，认定是安安作弊，在考试的时候偷看了她同桌的考卷。安安的同桌是班里的学习委员，上课发言积极，每次考试基本上都在前五名，是班里所有师生公认的好学生。反观安安，上课时总爱开小差，偶尔还和周围同学讲讲小话，回答问题不积极也罢，家庭作业总是敷衍了事。

现在出了这种状况，相信很多人都会认同数学老师的观点，也许真的是安安偷看的同桌的试卷。

可是安安没有偷看。

"我还从来没有看到过自家女儿哭得这么伤心呢，上次和朋友家的小孩玩闹，从高椅上摔下让椅背将手砸出血都没像现在哭得这么伤心。"

那是自然，身体上的疼痛只是因为单纯的疼痛，可伤心是因为从心底受到了委屈，两者怎能相提并论？

为了证明安安没有偷看同桌的试卷，哥哥特意地研究了下题目。突然发现这个题目因为表述得并不是特别清楚，存在思维上的误导，很容易便将学生带到错误的解题方向里。如果按照误解的那个方向来推题目，就刚好得到和安安一样的解题方法。

安安和同桌，也许真的只是因为想到了同一种错误的解题方式而已。

哥哥特意打电话和安安的数学老师解释了下,数学老师听后发觉似乎真是那么一回事。只是因为太过巧合,那道题目算是比较难的,做对了的寥寥无几。班里就安安和同桌用了相同的解题方法,加上安安平时的行为表现,所以直接造成数学老师误会了她。

现在事情真相大白,数学老师当着班上所有学生和听课家长的面,向安安道歉,吓得这个小姑娘连忙摆手说"没事没事,我原谅你了"。

哥哥说,这件事后,安安好像更喜欢学数学了。

那是自然,受到的委屈当众被洗刷,那是何等的痛快。就好像长期困在令人窒息的地方以为快要死了却突然呼吸到了一口新鲜空气,感受到生命的鲜活。

其实这世界很多时候就是这样,没有哪个人在一生中,总是一帆风顺,万事顺心。更多的时候,是被无边无际的挫折和失望所淹没。在这其中,以被别人误解和冤枉为最。因为有时候你明明什么也没做,好好地就有一盆脏水对着你泼过来,从里到外,淋透身心。

可是请你相信,沧海都能成桑田,那埋在沧海中的石头也终会露出水面。事情总有真相大白的一天,委屈和误解也终有被洗刷、被别人理解的一天。别怕黑,天总会亮的。

我们把大把的时间活给了车子、美食、衣裳，我们需要在别人眼中无敌光芒，才配得上此生没有白来一趟。终究活得好不如别人说你好，活得累不如别人说你不疲惫。这作茧自缚的社会，让普罗大众满堂喝彩的同时，也让你真相信闪光灯下的世界一样波澜壮阔。

1

小猫姑娘觉得自己有必要换一份工作，尤其是在咖啡店里听到闺密说自己又升职了的时候，心里更是坚定了这份想法。

对，我要换工作，我要离开这个部门，离开这个总是针对我、想方设法剥削我劳动力的女魔头。

星期一的早上，按例又是公司各部门之间开例会，在小猫姑娘看来，这就是变相的批斗大会。果不其然，会议才开了一刻钟都不到，女魔头就开始直奔主题，不留情面地点名狠批了几个业绩没达标的倒霉鬼，甚至直接对其中一个姑娘放出话来："XXX，你说你俩也都进了公司快一年了，怎么业绩上一点长进都没有呢？其实吧，我觉得你也许就不适合汽车销售这一行，索性你也就别在这里耗时间了，赶紧找下一家吧。"

小猫姑娘悄悄地看了眼刚刚被女魔头一句话给训得梨花带雨的姑娘，好不可怜。她默默地将一张纸巾放到了那姑娘的面前，不敢吭声。在女魔头拿着手里的文件报表记录，开始噼里啪啦训斥下一个人的时候，小猫姑娘偷偷地瞄了她几眼，看着她顶着一副精致装扮过后无懈可击的脸蛋，在心里默默地想，对比刚才那个姑娘，女魔头已经是嘴下留情了，看看这个被批的小伙子，都直接让他去人事部辞职了。

终于挨到快结束的时候，小猫姑娘深深地吸了口气然后缓缓地呼出去。无论如何，没有被女魔头点名批评，那总是值得庆幸的，这说明她上一周的表现还是勉强可以的。

"于小苗，等下散会的时候留一下，去趟我办公室。"

沉浸在午饭是叫必胜客新出的比萨外卖还是在食堂师傅那儿打一份慈姑红烧肉的纠结选择中的小猫姑娘，完全没有听到部门主管大人的话，在看到其他人都抱起文件准备离开回到自己工作岗位的时候，也跟着离开。

一旁的小d好心地提醒她，主管大人让她留下来呢。

2

小猫姑娘看着面前厚厚的好几沓资料，几近于崩溃。

耳边还回想着女魔头在办公室里对自己说的话："于小苗，'笨鸟先飞''勤能补拙'这两个成语就不用我教给你了吧。我看你也算是勉强能够做销售的人，最起码每个月还能给我交上几个业务单，业绩难看就难看点吧，好歹还说得过去。不过，我想知道，你就打算一直这样半死不活地混下去吗？"

小猫姑娘在心里默默地回答着女魔头的话：对啊，我打算这样半死不活地混下去。女魔头，你要知道哇，就是你口中"这样半死不活地混下去"那也是不好混的！你以为跑单子很容易吗？姑娘我为了这几个单子绞尽脑汁，拿出当年高考都没有的冲劲才挣了这几个单子。你居然说我是半死不活地混下去……

内心回答完毕，而表面上，小猫姑娘自然是一副卑躬屈膝、幡然醒悟的模样："魏主管说得对，我的确不应该这样混下去。"

于是，离开女魔头办公室的时候，手臂上就压了这千斤重的资料。

天知道，整理这厚厚的一摞报表资料数据外加被要求交的一份策划书是小猫姑娘寻常花上两周才能完成的工作量，而如今女魔头竟然要求她在星期五就交出来。

小猫姑娘想着，也许自己应该带一张折叠床和一套被子过来，晚上索性就住在办公室算了。

<h2 style="text-align:center">3</h2>

两个月后的某周晨会上，女魔头在会上宣布升她为助理项目经理，小猫姑娘以为自己的耳朵出了问题，要知道从一个业务员到助理项目经理，这中间可是跳了高级业务顾问和项目助理两层呢！直到众人都纷纷鼓掌祝贺，小猫姑娘才傻乎乎地咬了咬自己的嘴唇，发现真疼。

对于升职这一件事，小猫姑娘可以说暂时都没有考虑过。她才进公司不到两年，每个月的业绩单上虽说还不至于太难看，但是部门里绩效比她好的却大有人在。要说工作态度吧，人人都是兢兢业业，至少在女魔头的管辖下，没有任何人敢兴风作浪，她也并不算突出。如果说是资历，部门里那么多的老员工都排着呢，怎么也不会轮到她啊！

小猫姑娘知道天上会掉馅饼这件事，但是她没想过这馅饼竟然还会砸中自己。

她觉得自己就好像是古代皇帝后宫里一个无人搭理的小主，一夕之间行了大运，得遇天子，龙心大悦，于是被直接晋封为贵人。

对了，古代妃子晋封，那是要三拜九叩谢主隆恩的，虽然现在这些繁文缛节都免了，不过感谢还是得必须表示一下的吧。

小猫姑娘决定晚上回去烤曲奇的时候，多烤一盒送给女魔头，不对，现在应该改口叫女王陛下了。

站在烤箱前的时候，小猫姑娘突然想到助理项目经理这个职位虽然很不错，可是自己的能力却并不能胜任这个职务。她知道自己到底是几斤几两，也很想升职涨工资，可是以自己目前的能力，的确配不上这个职位。

没有金刚钻，别揽瓷器活。

直到烤箱里曲奇的黄油奶香味溢满了整个屋子，小猫姑娘才艰难地做下决定。

4

第二天午餐休息的时候，小猫姑娘一边拎着昨晚烤好的曲奇，一边默默地念叨着计划好的台词。

经理，这盒曲奇是我自己手工烤制的，黄油奶酪味和红豆奶油味的，特别好吃。感谢您的重用和提拔，可是我想过了，以我目前的能力还不能胜任助理项目经理这个职位，虽然我特别希望自己升职，可是我知道自己目前的能力配不上它。

从公司的长远角度和部门员工的心理来分析，您还是提拔那些适合这个职位的人吧，最后还是要谢谢您的青睐。

当然，小猫姑娘特别想补上一句，如果可以，您能先升我一级，比如说高级业务顾问什么的。

一路上不少同事看到她拎着曲奇到经理的办公室，纷纷向她打招呼道："恭喜了啊小苗，这个饼干是送给经理的吧？"

她实诚地点了点头然后不好意思地道谢。

从经理办公室里出来的时候，小猫姑娘觉得自己有点渴，于是径直走向公司茶水间，准备倒一杯白开水润润嗓子，谁料还没走到茶水间就听得自己的名字被人提起。

"听说你们部门那个叫于小苗的被连晋两级，升为助理项目经理了啊？看着平时一副傻不拉几的样子，没想到还挺有几分能耐呢！"

"人家是挺有能耐的，平日里扮猪吃老虎看不出来，这不刚升职，就赶着给那个女魔头送饼干去讨好献媚了嘛！人家这份能耐，我们可学不来，平时还真是小瞧了呢！"

……

小猫姑娘很想冲进去告诉那几个说她对经理讨好献媚的几个员工事实真相并不是像他们所说，就连她自己都不知道怎么就升职了。如果说送曲奇饼干是溜须拍马，那和她一起工作的人都吃过她烤的饼干，就连旁边打扫的阿姨都夸她烤得好吃，这也算溜须拍马？更何况，她刚才是让经理不要升她的职。

可是她忍住了，说到底，大家就是觉得她没有本事，至少，现在坐上那个职位，她目前的能力不够。

那她就得拿出努力得到实力，证明她的能力。

5

小猫姑娘升职为部门项目经理是她来公司的第四年。

　　依旧是在部门的例会上，女魔头当众宣布，只是这一次，小猫姑娘坦然地接受了众人的鼓掌和祝贺，虽然，她还是会习惯性地脸红害羞。

　　连续六个月都是公司部门销售汽车冠军，甚至在上个月创下了个人业绩超出部门其他人总和一点五倍多的纪录，用里面一个爱打游戏的同事的话来说就是小猫这两年就像开了挂一样，整个人化身为拼命三郎，谁要是阻挡了她的销售业绩，遇神杀神，遇鬼杀鬼。

　　小猫听见了，害羞地说哪有那么夸张，也只是运气比较好一些，恰巧遇上了一些容易谈下的单子而已啊。

　　其实幸运不幸运，容易不容易，这其中滋味也只有她知道。打电话打到耳朵发烫耳膜发炎，为了不错过与客户约定的时间在交通堵塞的时候蹬着七厘米的高跟鞋在马路上狂跑，一开始被顾客挂电话或者是一些不怀好意的试探，从最初的躲在小被窝里偷偷哭泣，到后来能够游刃有余地处理。至于熬夜加班什么的自是已经成了习惯，不必多说。

　　只是一有空闲时间，她还是会窝在那个小小的烤箱旁边，守着里面金黄色的小小曲奇饼，贪婪地嗅着曲奇烘焙出的幸福奶香味。

　　女魔头特别喜欢吃小猫姑娘做的曲奇，这一点她毫不掩饰。甚至于只要有一段时间小猫姑娘因为忙着做业绩没有时间烘烤曲奇饼干，她还特意将小猫姑娘叫进自己的办公室，以一副严肃的姿态询问她最近为何没有送给自己曲奇饼干。

"你放心，我提拔重用你跟你送我曲奇饼干没有任何的关系，我并不是只给你一个人机会。以前吩咐你做的那些你们私底下认为是我故意强加的额外工作，部门里那些我以为还算不错的，都被我吩咐过，只是能够按时完成并且保质保量的，只有你和×××两个，×××已经被上面调到秘书办，剩下的就是你了。当然，你是差×××一大截的，所以暂时嘛，只能窝在这里了。"

6

后来，女魔头辞职了，因为她结婚了。

不过部门里又有了一个女魔头。

只是新来的员工会好奇地问着前辈，明明是个女魔头啊，为什么有些人喜欢叫她小猫呢？

你不是一个人，至少善良与你同在

可是，我们还是要勇敢地生活下去，怀着希望，带着一颗善良的心在外来的路上走下去。虽然世界它就是这个样子，充满了快乐、悲伤、希望、失望，但我们庆幸这个世界上还有一些像校长一样傻傻的人，以梦为马，以汗为泉，心里坚守着那份柔软的、甜蜜的美好，这小小的美好不能成就什么，但却能给我们力量，能让我们心甘情愿地承受着委屈，甘之如饴地体味着酸楚后的温馨。

舍友问我，刚才你看什么电影哭得稀里哗啦？我都不敢去打扰你。

我告诉她，这部影片叫《麦兜当当伴我心》，还没来得及向她讲述这部影片的动人之处，却只听得一句无可奈何式的厌烦："又是那只猪啊？你都和我说过好多遍了。"

至此，我应该闭口，不再说。可又莫名地感到不甘与委屈，虽然是动画电影，可是那么温暖、那么感人，你怎么舍得错过小麦兜？对了，这一部片子麦兜已不是主角了，虽然全篇贯穿着它天真纯挚、奶声奶气而又絮絮叨叨的，可讲述更多的，是那个虽然人到中年有些"地中海"、身兼数职、整日忙碌着不让幼稚园倒闭、善良老实而又质朴的校长。

校长没有名字，似乎在影片里，他也不需要名字，"校长"两个字就足以代替他的一生。与其他校长不同的是，他是一名怀揣音乐梦想的校长，一生从未放弃。

尽管当年与他一起学习音乐的同学们都已经改行卖烧腊、开商场、建房子，但他依然坚守着音乐梦想。令人唏嘘的是，他的音乐梦想不是站在维也纳金色大厅，或出唱片大卖，而是在一间常常因欠债而屡次搬迁改名的幼儿园里教小朋友唱歌。

可是现在，连唱歌也没法教了，因为欠债，幼稚园要倒闭了。可他不想令其倒闭，也不舍得它倒闭。于是，校长身兼数职，保安、警察、卖杂货、清洁工……通过这么多的兼职来挣点钱补贴家用，哦不对，是补贴幼稚园。他这么累，做这么多事，就是为了不让这个众人口中"活着也是浪费空气的幼稚园"倒闭。可做了这么多工作仍然没有办法，薪水微薄得可怜，饶是乐观的校长，也惆怅起来。终于，他在"硬邦邦"幼稚园的校友捐赠会上受到了启迪。

　　于是，他开始筹办自己幼稚园的校友捐赠会。

　　如果光从举办的目的来说的话，捐赠会不是很成功。因为忙碌了那么多，投资了几百块的火锅，却只募得了三百块钱。比起校长梦里和现实中别家幼稚园募捐款数后面的一串零，三百块这个数字似乎让人想哭。

　　小时候大家用天真的嗓音唱着"我们是未来的主人翁"。长大后这些人却无奈地对校长说："校长对不起，都是我们没用，穷得叮当响。"对于虽然不成功，但是善良的学生们，慈祥的校长温和地说："你们都很乖，是校长没用。"既然这样，吃完火锅大家就唱歌吧，唱歌让人快乐又不用花钱！

　　于是晚风中，歌声徐徐，每个人都在这清凉却温暖的歌声里忘却了一切，他们被彼此的善良温暖着，被自己的歌声温暖着……

　　后来，歌声被只为了宣传投票而参加校友会的昭顺阿姨听见，一切似乎又有了些不一样。仿佛有了阳光，有了希望。

　　于是校长和陈老师又开始尽心尽力地教小朋友们唱歌。虽然这是麦太口中的"卖口条"，但是最后所有轻视、反对过的人都被这些他们认为的"卖口条"场面感动得泪流满面。所有人，在听过孩子们的歌声后，都被温暖地治愈了。

　　这部影片是麦兜系列的第二部，也是我最喜欢的一部。记得当时在影院里看这部动漫电影的时候，我的身边围了一群哈哈大笑的小朋友，对于他们来说，这部影片从头到尾都是欢笑。那只眼角带着胎记、说话软绵绵的小胖猪，原本就是剧中制造欢乐的角色。而像我们这些在电影院里偷偷擦眼泪的叔叔阿姨，似乎更搞笑。

人在风里，风要去哪里，谜一样的浮世，每一步都未知。

忐忑的心，遥远的天空里。呼唤着那首，未知的歌曲。

人在风里，风要去哪里。一路在祈祷，一路继续前进，

眼前的道路，你通向哪里。失散的我们，会不会再相聚。

事到如今，我还在风里。燃烧的岁月，依然挥之不去。

自认为泪点很高，只是在听了这首歌后，泪珠子便再也不听使唤了。影院里的校长让我想到了很多事、很多人，包括自己。

作为一个告别了童年太久、离开了童话世界太久的人，也许我们中的大部分每天的生活就是赶公车、上班、吃饭、下班、睡觉，遗忘着过去、数着日子过活，浑浑噩噩地一天又一天地循环。年少时的豪情满怀，那些说起来眼睛便会熠熠生辉的梦想，早已经被锁在了生活最底层的匣子，并且在不知道的时候丢了钥匙。

可是，我们还是要勇敢地生活下去，怀着希望，带着一颗善良的心在未来的路上走下去。虽然世界它就是这个样子，充满了快乐、悲伤、希望、失望，但我们庆幸这个世界上还有一

些像校长一样傻傻的人，以梦为马，以汗为泉，心里坚守着那份柔软的、甜蜜的美好。这小小的美好不能成就什么，但却能给我们力量，能让我们心甘情愿地承受着委屈，甘之如饴地体味着酸楚后的温馨。

很多时候，你会感觉身处于浩瀚的星辰宇宙里，孤独和茫然如影子般随行。可是，请相信，你不是一人在赶路，至少善良陪着你一路前进。

你是在意别人的眼光，还是在给自己找借口

其实亲爱的，你要记得在这个世界上，你是为自己生活的。你不是电影里的演员，一举一动都会有疯狂的粉丝跟踪追逐，你只是芸芸众生里的一个路人甲。太过在意别人的目光会迷失自己，忘记自己最初想要的。还有，你要问一下自己，真的是在意别人的目光，还是以在意别人的眼光为题给自己找借口呢？

1

母亲前几天打电话告诉我，她的一个闺密前几日和她闹了点口角。原因就是母亲开了一家奶茶店，没有告诉她。

关于开一家小吃店，是母亲这两年来念叨最多的一件事。

母亲在电话里告诉我："海云说我不够意思，明明知道她

一直想和我一起开个门市，可是我却自己一个做了起来，还没通知她。我哪有没通知她，我之前还问过她，是她自己说不做这个奶茶店，小本生意，还会被儿子的同学笑话。"

关于母亲想要开个小门市的事情，我是知道的，甚至于那位海云阿姨想要和她一起做点小生意，我也记得特别清楚。

我还记得当时在茶树林餐厅里，海云阿姨坐在缠着塑料黄叶的秋千上一边咬着吸管一边来回荡悠，说如果要开个餐厅，至少也得开一个有小资情调的咖啡店，至于像加盟连锁奶茶店什么的，她是绝对不会做的。

母亲觉得加盟奶茶店也没什么不好，至少初期投入本金少，小本经营，一开始也不求赚太多的钱。退一步讲，即便是亏损了，也不会太难过。

况且，我家和阿姨家虽然不在一个小区，可是我们买的恰巧都是学区房，旁边就是县一中。一般人都知道，奶茶鸡排什么的，从来都不会缺少学生类客户。

那时候母亲和她因为某些因素，刚从保险公司辞职。

阿姨觉得加盟奶茶店是件掉份子（丢面子）的事。她才轰轰烈烈地从公司里辞职，放出话来说不屑于在公司里苟延残喘般混日子，要放手自己大干一场。现在却开了一家奶茶店，每个月赚的钱说不定还没有以前工资高，让以前公司里的同事看到，岂不是要笑死？

我知道海云阿姨向来只喜欢富丽堂皇、装修精致的餐厅饭店，哪怕是口渴到极致，也要到那家座位号都要等好久的港式餐厅里喝咖啡，即便再走几步拐角处就是一家便利奶茶店，她都不会去。

母亲说每个人的习惯都不一样，这个并不是坏处。阿姨也说过，自己只是追求一种感觉而已。比如说，她喝下午茶自然是要拍照片的，相比便利简洁的奶茶店，自然是优雅小资的咖啡馆更得她心意。她说，一直以来朋友圈和空间发的都是这种类型的照片，如果一下子换了，别人说不定会怎么想呢。

原本一起说好开个门市的，母亲却不告诉她自己开了起来，叫她心里怎么能舒服？

后来母亲说，在朋友圈里看到阿姨发了条信息，说想和几个闺密一起开一个美容店，底下一片叫好声。

2

我有个闺密，前几天过来看我。

一见面寒暄没几分钟就抱着我痛哭流涕。

幸好用的彩妆是高级防水的，所以即便她哭得那么伤心，可是眼妆还是很精致，就好像眼睛周围那一圈红肿是涂上的一圈粉红色的眼影，眼睫毛还是根根分明，又长又卷翘。

闺密的男朋友，她母亲不喜欢。

故事是这样的。

某日闺密去一家常去的理发店洗头，在洗头的过程中才发现并不是以前常帮自己洗头的那个师傅，等到洗完头问过才知道，以前那个姓杨的师傅已经离开了，店里说是回家结婚；现在帮自己洗头的这个小伙子叫顾大庭。

闺密是从他洗头的手法判断出来的不是同一人的，因为以前的那个杨师傅从来不会在她洗头的时候给她在太阳穴按摩。她去过那么多家理发店，洗过那么多次头，这是第一次有人在洗头的时候给她按摩太阳穴。

后来闺密知道，他并不是给每个去店里洗头的客人都按摩太阳穴的。

闺密告诉我，事后问过他，是不是他洗头的时候都会给客人按摩太阳穴，然后顾大庭告诉她："我是看你走进来的时候皱着眉，好像特别特别累，就想着帮你按摩下太阳穴让你缓解下疲劳。"

闺密说，那个小伙子也并不像其他理发店里的青年们那样打扮得怪异出格，相反，他长得特别清秀，穿着简单的白衬衫牛仔裤，让人看了第一眼就好像感受到阳光和青春的气息。

没过多久，他们恋爱了。

闺密大学毕业后自主创业开了一家事务所，可以说是都市"白骨精"的典范，我们父母口中常说的"别人家的孩子"；而顾大庭是高中毕业，大学考上了但是由于家中还有两个弟弟妹妹便没去读书，而是早早地工作减轻家庭负担。

两人谈了两年多的恋爱，可是闺密却一直不敢和家里说。

"亲爱的你知道嘛，我妈妈当时知道我和一个高中毕业、在理发店里工作的人谈恋爱，她二话不说立马给我安排相亲。除了工作问题，他还比我小了整整四岁。我爸妈说他们绝对是没办法理解的，要求我趁着现在感情还不深的时候立刻分手，不要犯傻。"

我问她，那你自己心里是怎么想的呢?

她说她不知道。她说大庭对她是真的好，错过了这个人她估计在世上再也遇不到对她这么温柔体贴的人了。虽然年龄比她小，可是心理年龄却远远成熟于她，包容着她的小性子、无理取闹，每天无论多忙都给她做好便当让她不要叫外面没有营养的外卖。晚上加班再晚都会来等她接她……

她咬着嘴唇告诉我，可是亲爱的，你知道吗，我都不敢让他去我的事务所接我，我怕我同事看到，那家理发店离我们事务所不算太远，挺有名的，很多员工都喜欢在那家消费。我怕他们看到就会说，原来我们老板是在和一个理发小弟谈恋爱啊!

我问她，那如果你父母同意你们的爱情，你会和他结婚吗?

她睁着微红的眼睛想了好久，然后告诉我她不知道。

她是真的不知道。

3

其实亲爱的，你要记得在这个世界上，你是为自己生活的。你不是电影里的演员，一举一动都会有疯狂的粉丝跟踪追逐，你只是芸芸众生里的一个路人甲。太过在意别人的目光会迷失自己，忘记自己最初想要的。还有，你要问一下自己，真的是在意别人的目光，还是以在意别人的眼光为由给自己找借口呢？

自己的事，别人可以说，可是他们是做不了主的，毕竟他们不是你。

幸好这么多年，我还是我自己

每个老师自然都希望自己教的学生又聪明又机灵，所有的题目一教就会，如果未教便懂那更是求之不得。可是世界上哪有那么多的天才学生，大多数都是普通人，会将你讲过的题目做得一错再错，会不自觉地开小差，会让你感慨自己是那么无能为力。

1

大家都说纪姑娘是个傻子。

纪姑娘知道自己不傻，只是没法做到别人口中的聪明。

中学的时候，纪姑娘很喜欢的一位语文老师让她写了一篇参赛作文，后来那篇作文获奖了，刊登在学校要求每个学生都得订购的语文报纸上，但署的是班里另一个同学、教导主任儿子的名字。

她傻傻地拿着报纸去办公室告诉那个老师，报纸上弄错了，明明这篇文章是她写的，怎么署的是别人的姓名。

语文老师告诉她，参赛的人太多，主办方匆忙之下刊登错了名字也很正常。于是纪姑娘很认真地问那个老师，那她可不可以打个电话给对方，告诉他们弄错了。

那个年轻漂亮的语文老师带着两个盛满微笑的梨涡，柔声告诉她，好啊，等老师忙完了就给你打电话告诉他们。

纪姑娘想把刊印着自己名字和文章的报纸带回家，给父母长辈看。那一刻，她是开心却又那么急切等待。

后来纪姑娘发现一连过去了四个月，报纸上都没有更正那篇文章的作者是她，倒是刊登了那次作文比赛的颁奖仪式。她看到图片里，教导主任的儿子，微笑着捧着红彤彤的证书。

她红肿着眼睛带着这张报纸去找那个答应给她打电话说明作者的语文老师，最后心有不忍的女老师抱住了她，小声地对她说了句对不起。

对不起？

对不起什么？是对不起你利用我的作品去给别人家的孩子参加比赛，还是对不起你答应我帮我更正作者说明结果只是在哄骗我？

身为语文课代表的她在分数登记册上登记的时候，满分七十分的作文，纪姑娘记得那个教导主任家的孩子，从来都没超过四十五分，却可以参加中学生作文比赛并且阴差阳错地占了她的名字，得了一等奖?

她不傻，只是宁愿去选择相信。

只是她在那一刻下了决心，如果以后做了老师，绝对不会让自己的学生受委屈，而自己表露的那样无能为力。

2

大学里纪姑娘在一家中小学辅导机构里做兼职老师，因为简历表上的一张全国作文考级证书以及在其他机构有过类似的工作经历，她被老板安排带了一对一辅导。

老板是这么和她说的："对于×××这个小女孩，你只要付出足够的耐心就好，关于课外提升什么的，你不需要额外花工夫。"

晚上给×××做一对一辅导的时候，她忽然知道了老板下午和她在办公室里说话的时候，为什么要将"耐心"二字咬得那么重。

真的是很需要耐心。原本需要一个小时便能写完的作业对于这个小姑娘来说，两个半小时都不够。要求八分钟完成的三十道口算题，×××需要做上半个小时，然后纪姑娘给她批改的时候，一共对了九道。

至于语文预习新课后做认知测试，十个汉字×××仍然记不清哪个字形对应的是哪个读音。

连续一周都是这样没有丝毫进展，纪姑娘不是没有过崩溃的时候。看到明明做过十几遍的相同算式口算，×××还是依旧得出了错误答案，纪姑娘耐着心告诉她，文具盒里有小棒，我们可以摆出来算一下。然后小女孩瞪着圆溜溜的大眼睛告诉纪姑娘，她不想拿出小棒，等下还要放在文具盒里，好麻烦的。

纪姑娘深深地吸了口气，强压下甩手走人的念头，耐着心思继续给她讲课。

同在这家机构做兼职，比她早来一学期的同学笑着告诉她："一开始我来的时候，老板也是让我带×××的一对一辅导，我还以为是好事呢！后来带了两个月后我跟老板坦承，承担不起这份'重任'。"

机构里有二十多位老师，却没有一个愿意给那个小姑娘做一对一的辅导。

纪姑娘这么想想，却是有点心疼那个小女孩。

反应迟钝可以大量训练，记忆能力差我们就多花时间，理解不好我们就换另一种方式讲解。

每个老师自然都希望自己教的学生又聪明又机灵，所有的题目一教就会，如果未教便懂那更是求之不得。可是世界上哪有那么多的天才学生，大多数都是普通人，会将你讲过的题目做得一错再错，会不自觉地开小差，会让你感慨自己是那么的无能为力。

同学好心地劝她如果实在无法忍受，就和老板说不想做

×××的一对一辅导，你又不是第一个反映不想教这个小女孩的老师，老板会理解的。

或者是，你就耐着性子陪她熬，反正教不好又不是你的错。

可是，纪姑娘选择了慢慢地教，毕竟在这一刻，你是她的老师。

3

有时候，纪姑娘觉得历史是一个重复的车轮，周而复始地滚动，往事才逝去，新事却又带着往日的影子。

大学毕业后没几年，她在B市的一家实验中学里做语文教师，因为空有教师资格证却没有编制，地位因此也变得很尴尬。

之前在辅导机构里实习的时候几个老师晚饭时间聚在一起聊天，讨论到教师编制的问题，说是在学校里没有编制的老师地位自然很低，就像一个临时工，朝不保夕，这个时候就得站对位置，选择正确的适合自己的队伍，也就是俗话说的跟好领导班子。

毋庸置疑，在纪姑娘工作的这所中学里，最正确也最适合她的队伍自然是归顺于顺带教英语的D主任，因为在教师职工食堂里，纪姑娘曾不止一次地听到其他老师讨论D主任今年要升为副校长的事。

更何况，D主任的女儿在她所带的班里。

前面说过了，历史的车轮总是会惊人的相似，纪姑娘无论如何都没想到过从前发生在自己身上的事还会发生在自己的学生身上。

同样是一次中学生作文竞赛，只是这次作文竞赛涉及中考加分问题。而这次她换了身份，不是受害者，即将变成施害者。

纪姑娘还记得D主任笑眯眯地问她觉得现在这所中学怎么样，她毕恭毕敬地回答很好啊，然后D主任说自己也觉得新来的几个老师里，就数她最有潜力。

潜力？这真是一个暧昧的词，赞扬别人有能力的时候可以用，安慰别人失落失败的时候也可以用，除此之外，它还有一大堆的词义等你慢慢剖析。

后来说到了重点，D主任希望自己的女儿这次能够在市里晋级，当然前提是以校内作文比赛选拔第一名的身份。

纪姑娘因为凭借着出了三四本销量差强人意的书，早在大学毕业后的第一年便入了省作协。在这些方面，学校还是给予了她一定的尊重。

平心而言，D主任女儿的作文还算不错，只是班上比她好的却也大有人在。她是学校这一次作文比赛的主审老师，自然有定夺第一名的权利。

她想了很久，最后评出来的第一名是一个衣服上带有补丁、留着板寸头、眼神很清澈却时常带着无奈的男孩子。

那个小孩子的作文，常常会让纪姑娘怀疑他的年龄。

只是后来，学校推荐去市里参加比赛的还是D主任的女儿，纪姑娘嘲笑自己真是枉做了小人。

开会讨论的时候老师们也众口一词，×××（那个男孩子）家里还有三个弟弟妹妹，他的父母都没有打算让他读高中，与其占着这几分白白浪费，不如给其他努力又需要的学生，物尽所用，物尽所值。

后来，她离开了那所中学，原因很简单，她考上了编制，被分配到了其他地方。

4

再后来，纪姑娘嫁人生子。

对方也是一位中学教师，同事们打趣道夫妻俩一个教语文，一个教数学，两人倒是般配得很，相得益彰。

拒绝了一次又一次的捷径和便利，固守着别人口中无用的坚持，可笑的清高，兢兢业业地在学校里工作了十几年，纪姑娘也终于慢慢地升到了主任的位置。

虽然很慢，但是没关系。

当然，让她更开心的是和丈夫在玉树地震中领养的几个孩子，有一个参加了全国奥数竞赛获了银奖。还有一个，昨天晚上给生病的她熬了一碗小米粥，虽然碗里的粥，嚼在嘴里有些硬。

但是，很温暖，很安心。

幸好这么多年，我还是我自己。

不做女强人，做个坚强的女人

我们不需要通过别人的耳目口舌来肯定自己，我们有眼有嘴有口有舌，也有心，懂得自我取舍自我评判。只是如果可以，你可以选择做个坚强的姑娘。女强人也没什么不好，只是少了人心疼，因为大家都以为，你已经习惯刀剑风霜。

尽管郭敬明拍成的电影《小时代》被批得体无完肤，成为了高票房低口碑的典型，我和闺密还是义无反顾地去贡献票房，成为千千万万"脑残粉"中的一员。

从高中时代就开始在杂志上连载，到后来的单独出书，再到如今搬上大银幕，间隔近八年，难得的是热衷度还未减。

只是和其他"时代"姐妹花或者是崇光、宫洺等一众美男的忠实粉相比，我和闺密两人守着《小时代》的理由却有些诡异。

是的，我们不是为了之前还亲密无间转眼就不知为何翻脸的"时代"姐妹花，也不是奔着那几个动不动就卖萌露肉或者霸道总裁样的男色鲜肉。

我们是为了里面一个女N配角Kitty，那个总是化着精致的妆容，能在复杂的职场中游刃有余，是时尚杂志总监宫洛的得力助手，冷静强势，做事极其讲究手腕和效率，能把宫洛的每一个决定完美地执行，冷艳高端的职场白骨精。

Kitty是一个有些类似顾里的女强人，能力强，有骄傲但没有顾里的做作。对待林萧既有照顾也有竞争。据她自己所说，刚来公司的时候常常哭，但是很努力很细心，逐渐变成了女强人。虽然她不像里面的主角们都笼罩着璀璨的光环，可我却格外地喜欢这个不是主角的配角姑娘。

因为相比那些只要靠着所谓的天真善良，便能够得到白马王子乃至高富帅的怜爱，都不需要太多的努力，甚至于只要几滴眼泪，成功和财富就能手到擒来的女主角们，Kitty这个姑娘显得格外地真实，甚至于很多都市女白领都能从她身上找到自己的影子。

没有任何的好运和照顾，想要什么想得到什么都得自己去努力，去付出，能够拼搏的就只有自己的一双手。

闺密说，虽然很喜欢里面的Kitty，但是如果可以，她想让Kitty不要那么拼命。

　　大家都那么羡慕女强人，可是女强人不好当。如果可以，做个坚强的女人就好。

　　彼时的她，从Kitty身上看到了从前的自己。

　　影片的第一部里面，林萧有一段话，说她在这三年里，大大小小的病得过不少，感冒发烧是家常便饭，而她也越来越习惯于一边含着温度计一边去洗衣店帮宫洺取礼服的日子，即便如此，她觉得自己还是超越不了Kitty。因为Kitty曾经在痛经痛到两眼漆黑一片的日子里，强行压制住痛苦去陪自己的老板宫洺冲浪；也曾经在高烧三十九度的时候，不动声色地陪宫洺去蹦过极。

　　"她倒挂在桥下面的那张又苍白又淡定的面容，一度让我每次走过英雄纪念碑下面，看见那一圈英雄烈士的雕塑时，都会想起她。三年过去了，我也从一个小小的试用期助理，变成了公司新人眼中，能踩着高跟鞋徒手爬上东方明珠的女蜘蛛侠。"

　　我看到这一段话的时候，忍不住想笑，虽然知道Kitty很是拼命，但是郭敬明写得未免也太夸张。咖啡店里，我跟闺密交流剧情讨论到这一点时，她拿起勺子搅乱了拿铁上面那一层奶白色的纹路，淡定地摇了摇头："其实这个并不算太夸张。有些姑娘拼命起来的样子，你甚至难以想象。"

　　闺密在她所工作的公司里也已经待了四五年，从一开始端茶递水买咖啡、人人都可以使唤的办公小妹到部门主管再到现在的市场部经理，看似一路升迁的人人艳羡的坦途，这其中的苦水凄楚也只能她自己体会。

有好几次晚上，她打电话给我，都没有说话，只是在电话里面一个劲儿地哭，然后又很快地止住，告诉我没事，只是心里难过想哭，想找人倾诉下，一会儿就好。

再到后来，她可以淡定地在电话里告诉我说前一段时间自己得了盲肠炎，只要一移动身体就好像碎裂掉那般疼痛。可是她硬是咬着牙没让酒桌上的任何人看出来，等拿到签好字的谈判合同时才像一只折了翅的蝴蝶一样倒在了自己的车里。幸好助理发现得及时，立刻送她去了医院治疗，否则后果不堪设想。

也就是因为成功地拿下了那一份利润可以让整个公司不工作也能吃半年的订单合同，她被总部升为市场部门经理。

类似于这样的事层出不穷。

那时候她以为自己这么做是值得的，在没有任何后台和资源以及好运的时候，想要得到，那必然要付出。她靠着自己的努力，很快成为屏幕上播放着的，书卷上描绘着的，画着精致的妆容，踩着十几厘米的小高跟，穿着一身价值不菲的职业套装来往穿梭于办公大楼，一个小挎包就抵上寻常人工作一年工资的白骨精，或者说众人眼中、口中都艳羡不已的女强人。

可就是这么一个人人都羡慕的姑娘，半年前在我的卧室里哭成泪人，痛彻心扉。

相恋六年说好今年国庆结婚的男友，在她满心欢喜地挑选婚纱选购喜糖、定制喜帖的时候，突然跟她说不想结婚了，并且想要分手。

就好像明明已经站在金字塔的顶端，幸福触手可及，可是你以为能够给你幸福的人，却推了你，然后从顶端狠狠摔落到泥潭里。

闺密哭着说，她什么都准备好了，就差数着指头盼着日子好等那人来娶自己。可是为什么一下子什么都没有了，他怎么能就这样说不结婚就不结婚、说变卦就变卦了呢？

这其中原因，其实闺密也有些明白，只是一直不敢往深处往细处想，以至于到后来男友直接和她坦白。

最初两人虽然无钱无势，可至少每天能够在一起。可是现在，想要一周见上两次面都是一件困难的事情。长期下来，感情怎么能不变淡？

当然，最重要的原因是她太要强，甚至于为了事业到了拼命的程度。连自己的身体都不会爱惜的人，男友怎么敢相信她还会爱惜别人？

后来辗转间，她参加了办公室里一个下属的婚礼，婚礼上她看见自己的前男友手臂上挽着另外一个女孩子，没有她漂亮，没有她能干，也没有她出类拔萃，可是那张圆圆的带有雀斑的脸上却有着她没有的幸福笑容。

虽然她已经从悲伤中走了出来，对那段感情释然，可是当看到别人脸上原本属于她的幸福笑容，不是不心酸。

亲爱的姑娘，我们不需要通过别人的耳目口舌来肯定自己，我们有眼有嘴有口有舌，也有心，懂得自我取舍自我评判。只是如果可以，你要选择做个坚强的姑娘。女强人也没什么不好，只是少了人心疼，因为大家都以为，你已经习惯刀剑风霜。

愿你想要的明天，

Part 4

如期而至

闺密，是一辈子的情人

我有一个梦，一直没跟你诉说。希望有朝一日，能和你共约看尽世间事，不离不弃。

待我俩白发苍苍，还可以穿着白色的刺着幽兰琉璃的旗袍，高昂着用桃木簪来盘发的头，撑着把四十八骨的油纸伞袅袅地走在庭院间看着新发海棠的沁红，或者信手在书架上取一本书以慰闲暇时光，而那书的扉页，恰好题着彼此的姓名。

提起笔，忽然就想到了你。流泻的时光里一直没能把你忘记，却也并不是时不时地将你想起。这中间牵扯的，可是近二十年的时光，准确地说，是二十一年。

明明前几日两人还在澳门豆捞点了一桌肉食不顾形象地大吃大喝，我偷偷地靠在你耳边说："看隔壁的桌子，人家一男一女点的菜都没有我们一半多，而且都是素菜，该多么无趣。"

而如今，我却正襟危坐在电脑面前，一本正经地码字，然后以一副你被我翻了绿头牌的恩宠姿势告诉你，我正在写文，写的就是你。

其实你知道，我无非就是想要你放下手中的遥控器和樱桃蛋糕或者是柠檬鸡爪，收回为电视剧中男主留下的哈喇子，夸奖我几句，或者表现出莫大的惊喜。

而事实上，真的像我所想的那样进行着。也对，你是我肚子中的蛔虫，我的所想，你怎会不懂。

而下面，回忆开始。

我仍旧记得我们初次见面的时候，是在园长的家里。我穿着玫红色的鸡心领小旗袍刚刚午睡下来，看着你揉着惺忪的眼睛，背着一个带着米奇头的书包，手里还拿着一个小小的果冻慢慢地、不情愿地，挪到教室里，而后端正地坐在小课桌前。其实，不应该说端正，你看看，你还在欺负你的米老鼠，它的鼻子都被你拽掉了。

我们并不是一见面便如伯牙与子期般惺惺相惜，在我的记忆里，我们真正地成为好友，是在三年级。某次班级午睡纪律差到极点，老师让作为班长的我交讲话同学的名单，那名单上有你的名字。被老师体罚的时候，你委屈地哭了。

当我弄清事实找你道歉的时候，天公不作美下雨了，可是你不哭了，你居然很大方地、很轻易就原谅了我。

也许，就是从那时起，我们的友情开始扎了根。

后来分了班，在开始的时候你常常利用下课的时光，去找我。其实也不做什么事，只是说一些无关紧要的事，交流彼此又看了什么书，欣赏哪个偶像……有时候周末，我还会骑着自行车，沿着那长长直直的道，到你家。或者，你来找我。晚上两人像疯子一样将宽大的丝巾披在身上，听着《仙剑奇侠传》的原声带，然后，舞成不合格的吉卜赛女郎。自认为擅长舞蹈的我，仗着五岁就开始学古典舞的前辈身份来指导你不合格的舞姿，虽然最后我得出了"孺子不可教也"的无奈结论。

后来，小升初，我去了明达。我以为咱俩要分离了。你可能不知道，某个要开学的晚上，我躲在被子里哭成了泪人。我在想，我的小文洁啊，她会在哪里呢，她会不会也在哭啊……

可是，我没想到的是，开学后搬到宿舍的第一个晚上，我趴在阳台上发呆时，竟然意外地看到你的身影。你朝我挥挥手，我还真的傻傻地以为在做梦。后来你的声音告诉我，我不是在做梦。那一刻，我快乐得像只小青蛙。好吧，我承认这个比喻有点俗气了，可是真的是那样的，又蹦又跳，还尖叫，除了小青蛙，我想不到其他。

我喜欢学历史，总想考到历史系，然后钻进去，可惜，最后遗憾地与其失之交臂。

幸好，阴差阳错般，你被调剂进了历史系，你笑着说，你在完成我的梦想，实现我的愿望。

我认真地想了下，就像电视上垂垂老者将自己的宝贝女儿托付给少年侠士那样，重重地拍拍你的肩膀，嘱咐你："好好学。"

在这许多年里，俩人干过的傻事也不少，煽情矫情的事也很多。

曾经两个人流连于书摊，选了半天才敲定一本书，然后回去共坐一个床沿上，播放Twins的《莫斯科没有眼泪》，一边看书一边把自己虐成了泪人。

曾经两人约好去逛街，结果走了一半路程才发现彼此都没有带钱，只好原路返回带上钱包。辛辛苦苦也只是为了吃一次算不上好吃的烧烤，虽然如此，我们依旧笑得灿烂。

曾经，两个人都是笨蛋，都那么大的人了，连电瓶车都不会骑，每次回家约好去玩，总是和路上的行人格格不入，慢悠悠地骑着自行车，慢得像蜗牛一样。偶尔兴致来了，还互相为对方表演一个单手骑车的炫酷"杂技"，而在自己心底里偷偷地羡慕那些能够双手不扶车头的高手。

曾经，也有过许多的误会，痛苦得不能自抑。除了难过时号啕大哭，生气到极致，也会不管不顾地写上一封长长的绝情书，自己读来字字泣血、痛彻心扉。

可是，亲爱的，所幸我们都了解彼此，不会让对方过久地伤心。

去年我懒惰症兼拖延症一齐复发，在合同规定交稿的前一天仍差了几万字没有写，才开始惶恐不安。我知道自己只能熬夜，可是我害怕一个人熬夜。乌黑乌黑的屋子里，同居的宿友们都已进入了香甜的梦乡，只有我一人，坐在电脑前，绞尽脑汁却憋不出半个字。

那个时候，才开始悔恨自己平日里只知道玩耍，将正事从不放在心上，临近交稿才开始着急。我是真的趴在键盘上哭了，然后一边抹着眼泪一边告诉你，将自己说得特别委屈。可真的委屈与否，你我心底自是都很清楚。我以为你会像其他同样被我诉苦过的好友一样，在表示同情我之前，先将我训斥一顿，然后再留上"好好加油"的字眼便算万事大吉。可是你只温柔地告诉我，没关系，你会陪我熬夜。甚至于，我厚脸皮地央求你陪我一起写稿子这样无理的要求你都答应了。你说，好啊，我帮你写后序吧。

那个时候，我们隔着几千公里的距离，可是你说陪我熬夜，我竟然觉得，仿佛黑夜也不是那么可怕。反正，我在打字的同时，你也在敲击着键盘。反正，只要我没有完成任务、没有写完，你就会一直陪着我。

凌晨三点多的时候，我瞅着还剩不到五千字的稿子，终于长长地舒了口气，然后给你发短信，告诉你可以休息了。几乎是片刻间，你便回了我一句"晚安"。

其实不应该道晚安了，应该是早安。

我仿佛能想到远方的你，困到极致，上眼皮和下眼皮里的两个小人儿在偷偷地掐架。一个说，太困了，那个丫头自己不睡觉，还不让我睡觉，真是霸道过分。一个小人儿猛地拍了那个小人儿一下，瞎说什么呢，答应陪她熬夜，我怎么能不守信用自己先睡呢。

我知道结果，必然是说要陪我熬夜的那个小人儿胜利。

你愿意陪我熬夜，我愿意借个瘦削的肩膀给你，让你在伤心的时候，可以毫无顾忌地、狠狠地、狼狈地哭泣。

你在电话里泣不成声地告诉我你失恋了。我可以只因为你在泰州那边美食太少为由拒绝过去找你，而要求你拖着一副肿胀的眼泡过来无锡。然后带你去吃所有我认真记在心底的美食，因为知道我俩都是吃货，所以我坚信，美食可以治愈你心底的忧伤。至于那个可恨的渣男，就让他们像随着食物消化的渣滓，一起排出体外吧。

你专心致志地吃着南禅寺清明桥底下，秦家阿婆做的"疯狂牛蛙"，然后在汤汁见底只剩花椒、麻椒的时候，一边吸气，一边喝水，然后告诉我，果然美食是良药。那些不快和伤心，在你吃完这一碗莴苣和牛蛙后，仿佛也烟消云散了。

后来，我发现你对阿婆家的牛蛙情根深种，于是我开始不断地拿它诱哄你，让你坐两三个小时的高铁不远万里地过来，吃上一碗疯狂牛蛙，待上一天再风尘仆仆地离开。

其实我知道，口腹之欲是一部分，可是你更想过来看的是我，我比"疯狂牛蛙"重要，这一点，我非常自信。

南长街那边有很多家旧时裁缝铺子，橱窗里经常展示一些或精致或素雅或妖娆或贵气的旗袍。我俩对那件有着大团大团幽兰刺绣的白色琉璃旗袍情有独钟，每次经过那儿，总是舍不得移开脚步。

你小声地说，真好看。

我轻轻地附和着，是的，真好看。

前段时间在微博上看到一个很有趣的漫画，画的是关于路痴的几件小事。出于路痴对路痴的同病相怜，便将它转到了自己的微博里，还配上了一小段话："最怕独自出门，哪怕已经走了许多遍，但仍然不记得路，也不能全怪我，那些路线真的太复杂，所以被指错方向或跟着地图走了很远才知道走到了反方向是经常发生的事情。"

没过多久便看到你在下面说，亲爱的，我带着你走。

我看着那个天天微笑的表情图案，满满都是感动，不过嘴上自然得回复"谅你识趣"。

亲爱的，我有一个梦，一直没跟你诉说。希望有朝一日，能和你共约看尽世间事，不离不弃。

待我俩白发苍苍，还可以穿着白色的刺着幽兰琉璃的旗袍，高昂着用桃木簪来盘发的头，撑着把四十八骨的油纸伞袅袅地走在庭院间看着新发海棠的沁红，或者信手在书架上取一本书以慰闲暇时光，而那书的扉页，恰好题着彼此的姓名。

我将这段话发给你看时，你感动至极，以至于肉麻兮兮地发了句："真想把你抱到怀里，亲爱的，你别嫁人了吧，我养你。"

　　我自是嗤之以鼻，喏，给你抱抱可以，让我不嫁人怎么可能？我还等着我的鲜肉夫君呢。

下次告别，
请用心点 ◀

时光的残忍正在于，她只能带你走向未来，却不能带你回到过去。

霖湾小镇里有个传统，每家每户过年前必须都要蒸几百个包子，面和馅还都得自己家调好，然后送到包子店去加工。

夏小天被她妈抓去包子店铺蒸包子的时候，看到了一个人，并且一眼认出，那就是嵇南卿的妈妈，霖湾小镇里著名的麻醉师。

潜意识里她就往店里面躲去，生怕嵇南卿的妈妈看到她。她还记得，六岁上幼儿园的时候，就是在这家包子店里，嵇南卿的妈妈买了两个烧饼给她，问她说："小天，阿姨天天给你买烧饼吃，那你做我们家儿媳妇好不好？"

夏小天现在想想，自己那时候怎么就那么傻，因为两个烧饼就把自己给卖了。

过了一会儿，估摸着嵇南卿的妈妈应该走了，她才敢抬头把手机放进口袋里顺便看看还有几家人蒸完轮到自己。

夏小天一边等一边在心底狠狠地唾弃自己，真是越大越拿不出手了，又没有犯什么罪，为什么看到人家妈妈就要像个老鼠一样躲躲藏藏，搞得自己都觉得自己猥琐。

不就是个嵇南卿嘛，自己有必要这样吗？

是啊，不过就是个嵇南卿，嵇南卿而已。

1

夏小天认识嵇南卿的时候，才六岁，在小镇上新开的爱心幼儿园里。六岁的夏小天穿着桃红色的鸡心领小旗袍，缓缓袅袅地走进这家幼儿园，也走进了因为玩积木玩得有些累正远眺的嵇南卿眼里。

夏小天脑海里第一次记下嵇南卿这三个字是因为有次做游戏，所有的小朋友都围着一个人拉成个圈旋转，圆圈中心的那个人叫停，然后点到谁谁就要表演个节目。那次站在圆圈中心的人是嵇南卿，可他竟然私自篡改了游戏规则，没有叫停，而是在圆圈旋转的时候冲上去抱住夏小天就是狠狠一亲。

这一亲可把所有人都惊呆了，叫幼儿园的许老师也哭笑不得。

当天晚上夏小天妈妈来接夏小天，路过幼儿园旁的包子店买烧饼的时候，嵇南卿的妈妈也在，于是，就发生了第一幕，也就是嵇南卿的妈妈用两个烧饼换得了个便宜儿媳。

不过让六岁的夏小天对嵇南卿刮目相看却是因为另外一件事。

爱心幼儿园每周五都会有一次小红花奖励，当然这小红花只能奖励给班里一周表现非常好的十个学生。通常情况下夏小天是每周都有的，可那周三她却因为带领几个小朋友私自过马路被许老师当众狠狠地批评了一顿，也因此丧失了评选小红花的资格。可当许老师找嵇南卿起来说说哪些小朋友有资格评选小红花时，嵇南卿仍然毫不犹豫就说了她的名字。

虽然这并不算什么大事，并且最终那一周她也没有得到小红花，可六岁的夏小天却在那一刻将嵇南卿郑重地放在了心里。

2

说来也巧，整个小学阶段夏小天和嵇南卿都在一个班级，更惊奇的是尽管每次分班时两个人不是同桌，但开学后调位置两人必定是同桌。也就是说，算上幼儿园的话，两人整整地做了七年的同桌。

这七年里，夏小天渐渐发现嵇南卿不是个听话的好孩子，相反，他特别调皮爱惹事。而且，在上六年级之前，准确地说，是在五年级的时候，夏小天以为自己自作多情，因为她发现嵇南卿根本不喜欢自己。

不然为什么最近他总是欺负自己？只不过是去郭子乾家吃个饭而已，他竟然放学后当着自己的面和郭子乾说："你怎么和她玩？"那语气让夏小天听了感觉自己好像是个多么不受欢迎的人似的。有次他竟然莫名其妙地捏了自己的脸，还有次班里评选最漂亮的女生第一名是夏小天时，他竟然当众说她其实长得一点都不漂亮，眼大无神，皮肤白得好像营养不良；尽管是跳芭蕾的，可走路从来都是外八字，丑得要命。

这些话让夏小天当时就气得哭了出来，虽然嵇南卿后来也向自己道歉了，可夏小天综合种种事件，得出了其实嵇南卿根本不喜欢自己的结论。甚至于，夏小天觉得，他不仅不喜欢，还很讨厌自己。

既然他讨厌自己那自己就离他远点，于是夏小天在期中考试过后主动地和班主任要求换位置，和嵇南卿不再是同桌。

这种疏远冷淡的情况持续了一个学期，直到六年级，夏小天的第十二个生日那天。

那个时候突然流行起来折千纸鹤和五角星送人，校园里无论是男是女，都热衷于这种纸质工艺品。夏小天喜欢千纸鹤，但是千纸鹤折起来有些困难她学不会，便折了一堆的五角星。

可在她12岁生日这天，她收到了一个史努比形状的大罐水晶瓶子，里面装满了淡蓝色和淡紫色的千纸鹤，回到家把瓶子里的千纸鹤都倒在床上数了数，刚好是365只。

瓶子里除了千纸鹤，还有张便签条，上面写着：首先说明，上次不是故意捏你脸，是谢一阳问我敢不敢亲你，我不敢直接亲你，就亲了自己的手，然后再间接亲你。其次365只千纸鹤，希望你的愿望成真。我原本是想折999只向你表白，可是你生日快到了，我才折了三百多只，所以想想还是折365只给你自己许愿吧，反正你知道我喜欢你，喜欢了七年。

说不感动是不可能的，但12岁的夏小天想破了脑袋也想不明白，为什么嵇南卿说自己知道他喜欢自己，明明，他不是很讨厌自己吗？

3

夏小天没有在小镇上的中学读书，她一直是学校里的年级前三名，在六年级第二学期刚结束的时候就被县城里的县一中给招收过去免费就读三年。

后来周末放假她回来去同学家玩的时候，遇见了嵇南卿。她刚犹豫着要怎么开口打招呼，只见得嵇南卿指着自己味味笑道："初一（13）班夏小天，中午不按时午休，吃苹果照镜子，臭美！"

嵇南卿模仿的是她中学里的教导主任在每周住宿生的周会上批评她的口吻，羞得她恨不得找个地缝钻进去才好。

县一中不仅对学生学习要求严格，连同生活作息也管得十分严格，中午晚上都会有专门的老师来检查学生有没有按时就寝。那一次夏小天嘴唇上火打算用苹果来消火，不料正当她咬了几口苹果照镜子看看嘴唇上的裂口有没有好些的时候，检查组的老师便来了。夏小天的结果当然很悲惨，不仅名字被记下，班级扣了分，连同小镜子也被没收了，还在住宿生的周会上被当众批评。

这件事嵇南卿为什么会知道根本不足为奇，他虽然没有和自己在同一个中学（嵇南卿在崇扬中学，某种意义上的贵族学校），但他玩得好的两个同学刚好都和自己在同一个学校，他们把这件事告诉嵇南卿也就很正常。不过让夏小天郁闷的是，嵇南卿学教导主任说话的模样也太像了点。

4

上了初三后，夏小天就再也没见过嵇南卿。随后便听一起从原来的小学考上县一中的关婷婷说嵇南卿在崇扬谈了个女朋友，名字叫舒雅心。那女孩成绩也特别优秀，人非常的文静，最重要的是也学芭蕾。说这话时，关婷婷盯着夏小天看，仿佛希望夏小天露出个什么悲伤表情出来。可事实上，夏小天什么表情也没有，就简单的一个"哦"再也没有其他。

其实夏小天听到关婷婷这番话时心里还是很伤心的，她虽然并没有那么喜欢嵇南卿，可突然被告知一直喜欢你七年的那个人突然喜欢上别人，任何一个女孩子也应该难过的。

只是她不想在脸上表现出来。因为伤心是自己的事，为什么要被别人看到？

她也不明白，为什么嵇南卿突然就不喜欢自己，喜欢上别人了。

不过这些都比不上中考重要，15岁的夏小天最重要的事情就是努力考上市一中。

虽然也很想像小说里演的那样，虽然男主角暂时移情别恋了，其实心底还是最爱女主角，可现实生活毕竟是现实生活，就像夏小天也不知道为什么嵇南卿就突然地不喜欢自己了。

其实，不喜欢就不喜欢吧，这没什么大不了的。可自初三后到现在，夏小天就再也没见到过他。

好吧，夏小天承认，虽然再也没见到过嵇南卿，可是有时候，她还是会想起这个人。

2014年，看到《匆匆那年》里方茴帮大家画《灌篮高手》里的人物画时，夏小天突然就想起了一个人。

好多好多年前，那个男孩子坐在教室里给她清唱谢霆锋的歌，给她眉飞色舞地讲着《灌篮高手》和《网球王子》，给她画超丑的人物像，甚至被老师打扮成女孩子和她一起跳舞，还在史努比的水晶瓶里折上365个千纸鹤送给她……

可惜那少年早已消失在了时光的缝隙中，再也没见到过。

世界上的人那么多，地球那么大，我们能相遇，哪怕只是地铁上的小小擦肩，一瞬间的缘分也弥足珍贵，更何况是我们相遇。

只是如果我还能遇到你，下次告别，能否用心点，我好挂牵。

在他眼中，我是最好

以前也这么想，但是看着他一天天长大，我知道他早晚会离开我。现在我觉得什么都无所谓啦。以前我认为那句话很重要，因为我觉得有些话说出来就是一生一世，现在想一想，说不说也没有什么分别，有些事会变的。我一直以为是我自己赢了，直到有一天看着镜子，才知道自己输了，在我最美好的时候，我最喜欢的人都不在我身边。如果能重新开始那该多好啊！

1

天鹅姑娘一直以为能将长笛吹得清扬玉润的只有书卷中人，没想到在现实生活中竟也叫她遇上一回。那一刻，她想着以前看到书上记载司马相如以琴声勾得卓文君私奔的篇章时，总是嗤之以鼻，不相信区区琴声便能叫卓文君放下一切，包括放下身为贵胄女子的骄傲和矜持与司马相如私奔。此时身处同境，她才愿意相信，也许丝竹之声并没有这么大的魅力，可是人却有。

不过，有一点毋庸置疑，那司马相如肯定没有眼前这个少年生得俊朗好看。天鹅姑娘通过死党Y君，知道了这个仅一面便让自己害相思病的少年：W男神，高二（7）班的班长兼学生会的副主席。

"这小子叫温霆安，只不过是长得比我帅了那么一点，脑子聪明了那么一点，脾气好了那么一点，加上会吹个长笛，就硬生生地从我身上剥夺了'校草'这个头衔！"Y君一边做着极具个人感情色彩的介绍，一边紧紧地盯着天鹅姑娘，"眉眉，你可是我的未婚妻，咱们俩打娘胎里可就有了婚约的，千万不能给我戴绿帽子啊！"天鹅姑娘看着他一本正经地说着这不成体统的话，恨不得拿起手上的东西敲上去，而事实上，她也的确敲了上去。

这一敲，便敲出了事故。

因为硬笔书法这一特长，她刚被Y君征用过来，正伏在学生会专用的办公室给他写东西。她这一敲一收，刚好将墨水尽数地洒在了对面人的脸上，那人道："天鹅姑娘，你还真的想红杏出墙，我只不过就抱怨一句，你都开始打算谋杀亲夫了！"

Y君擦干净脸，正想对着天鹅姑娘说些什么，转头就发现面前多了一个人，而自己的小媳妇儿连头都没抬，只顾一个劲儿埋首写字。

来的人正是W男神，他来找Y君商量学生会的事情，Y君是云华高中的学生会主席。Y君不知道，其实她抬头看了一眼，只不过那一眼太快，匆匆而逝。身为女孩子独有的矜持让她必须得收敛自己，可是能够控制自己的眼睛，却抑制不住自己加速的心跳，她不得不更加端庄专注地写字。

两人很快交流完毕，这时候W男神似乎才发现埋首写字的她。

"这位是？"

"主席夫人，你嫂子。"

Y君的这一句调侃，恰好给了她抬头的机会，天鹅姑娘抬起头狠狠地瞪了他一眼，又很自然地对着W男神露出最得体优雅的笑容："学长你好，我是天鹅姑娘。"

2

除了硬笔书法，天鹅姑娘还擅长国画和古典芭蕾，兼之她原本就生得漂亮，长期的文化艺术浸染，气质也比旁人独特，虽然是高一新生，可势头却凌驾于许多人之上。至少，在云中的迎新晚会过后，很多人都知道了天鹅姑娘这个名字，伴随着这个名字的，还有"主席夫人"这个撕不掉的标签。

虽然这个撕不掉的标签帮她阻挡了很多的麻烦，譬如一些烂桃花,可是也挡住了她想向W男神靠近的脚步。

　　每每想到此,她就对Y君一阵地咬牙切齿,恨不得把他拎起来暴打一顿才好。这家伙真的很可恶,总是拿着"未婚妻"三字说事,不过就是两家妈妈从小便是闺密兼之又同时怀孕便说笑着指腹为婚,没想到这个无心之语如今成了Y君屡试不爽的取乐方式。

　　于是,当Y君又一次在自己生日宴会上宣称自己是他的所有物时,天鹅姑娘爆发了,她当众对着Y君发火,并且在离去的那一刹那,看了眼W男神。

　　那一眼仍是稍纵即逝,W男神依旧没有察觉,可被Y君发现了。于是,他苦笑着承受了所有的尴尬,像是没事人一样继续说话,可每一句都没落在心上。

　　一个月后,在Y君的主动示好兼保证以后再也不乱说话的情况下,两人又恢复了邦交。

　　云华高中是B市的重点高中,对于很多学生家长来说,只要考进了云中,相当于半个身子进了重点大学。

　　高一第一学期一共经历了三次大考:月考、期中考、期末考。天鹅姑娘一直高高地排在表彰栏里的榜首。

　　随之三年,也一直保持着这样的成绩。起初有一些人称她为"云中的一宝",随着越来越多人认同这个称号,最后云华高中干脆在官网上放上了她的照片。她成为云中的骄傲。

　　不过让更多人津津乐道的是她和W男神的恋情。

云华是禁止学生谈恋爱的，可是对于这一对，却选择了睁一只眼闭一只眼。

两人都有着精致外表和优秀到让人惊叹的成绩，包括兴趣爱好都可以互补，仿佛这两人不在一起都是不应该的。

3

是天鹅姑娘先向W男神告白的。

身为女孩子独有的敏感让她感觉到对方也喜欢自己。毕竟，那双目光藏得再深，也是有温度的。可迟迟不见他对自己表明心意，天鹅姑娘等得也有些急了。

她想，也许我不能一直坐以待毙。毕竟，喜欢W男神的人不止她一个。既然如此，我何不效仿一次卓文君？

告白成功是理所当然的事，只不过为了堵住Y君这家伙的嘴，不让他向自己的爸妈告密，天鹅姑娘被迫包了他一个月的午饭。这家伙还算有点良心，吃午饭的时候没有凑上来做电灯泡，通常都是让天鹅姑娘帮他买了饭就跟另外一群人坐在一起，给了他俩小小的二人世界。

两人恋爱了两年，却纯情得连一次接吻都没有过，最多也只是牵个手。

这让天鹅姑娘更加确定自己的眼光是没有错的，她一直追求柏拉图式的精神恋爱，而W男神符合了她所期待的一切。

谦谦君子，温文尔雅；一手长笛，长身玉立。

有一次，天鹅姑娘在练习簪花小楷的时候，恰巧写到举案齐眉这个词，很自然地便想到了自己和W男神的未来。她以为在这个物欲横流的世界里，两人会永远这么简单而自持地生活下去，举案齐眉、相敬如宾。

4

然而这个幻想在天鹅姑娘考进W男神所在的N大的第三年下半学期被打破。

有次她路过街角常去的咖啡厅时，看到一对男女在拥吻。她原本觉得这是很罗曼蒂克的一件事，却因为接吻的男主角是W男神而方寸大乱。

就像是小说里很老套的剧情，对方是系主任的女儿，W男神为了留校指标而选择了和她分手。

不过很奇怪的是，天鹅姑娘觉得比起自己被劈腿而更不能容忍的是，W男神从来没有吻过自己，却和别的女人接吻，这让她十分受不了。

果然那种温润如玉的君子只能出现在书卷里，现实生活中一旦出现就算不会立马"见光死"，也不会存活很长时间。

虽然天鹅姑娘告诉自己决不能表现得像那些被抛弃后一副寻死觅、不欲生的女人的样子，可是知道是一回事，做到又是另外一回事。她守住骄傲不去质问也不去追究，只是夜里一个人的时候咬着被角无声哭泣。

完全从这段失败的感情里解脱出来的时候，是大四第二学期实习找工作的时候。

高不成低不就，想要一份自己和周围人都称心的工作是真的不容易。

在那些找不到工作的日子里，她才愿意相信也许W男神是对的，诗情画意只能是生活的调味品，却不能充当柴米油盐这些必需品。

5

很多年后，天鹅姑娘在帮助小女儿处理恋情问题的时候，提及了W男神这三个字。女儿可能是自幼受她影响，对于爱情竟然也有着和她相似的心境和看法。

一边是自幼温柔守在身旁的青梅竹马，一边是自己一见钟情的翩翩少年郎。

小女儿瞪着一双明若水晶的眸子对她说，那个人是如何的丰神俊朗，弹得一手好钢琴，如何夺去她的心……

她想把过来人的经历告诉女儿，正确的选择是那个守在身旁的青梅竹马，可如若按照性情，她却宁愿女儿搏一把。

虽然结果也许是遍体鳞伤，但是哪个少女的梦里不曾有个温润如玉的风雅少年？

直到有一次银婚纪念日上，出乎所有人的意料，丈夫献给自己的礼物，竟是用长笛吹奏的一曲《长相思》。

曲调竟是那么宛转悠扬，瞬间将她带回到多年前的那个下午。

一曲完毕，掌声雷动，她泪眼婆娑之际，丈夫却淘气地贴在她耳畔。

"媳妇儿，你老实说，刚刚精神上有没有红杏出墙？"

也不知从何时起，他便开始存着偷偷练习长笛的心思，她不顾眼角还渗着泪珠和感动，恶狠狠地瞪了丈夫一眼，是又怎么样？

曾以为那会是自己永远的心结，可有个人让她的现实和理想都得到了圆满。

这么多年，我一直努力地做着那个分享你欢喜悲忧的人，可是到头来才发现，也有人一直默默地关心着我的喜乐，在我不知道的世界里，做着他的女王。

你是谁家的白衣少年

其实在青春少年时喜欢一个人真的只是刹那间的事，也许只是他的一个偶然回眸，并不怎么英俊的侧颜却惊艳了你；也许只是因为你不小心从他身上的白衬衫上闻到了皂角的清新；也许只是因为你在拥挤的公交车上看到了他背着大提琴安静得好似和人群隔离的模样；也许是下雨时他打了一把透明的雨伞；也许只是因为你正值情窦初开的年纪，而他刚好站在你面前。

白衣素染，倾城的又何止是小倩？

每次回首看哥哥的电影，心里总是一边揪着疼，一边目不转睛地盯着屏幕看。影片已经看了很多遍，情节也记得，甚至于，能够对着屏幕道出台词，却还是舍不得转头而疏忽屏幕前哥哥的每一个回眸、每一次的蹙眉或是微笑。

　　小倩并不是我在《聊斋》里最喜欢的。芸芸众生，黄泉碧落，天上人间，那么多的狐仙鬼怪，个个大抵都倾国倾城，至少也是花容月貌，更不缺清丽脱俗者。小倩这一抹孤魂夹在其中，并不怎么引人注目。《聊斋》中的篇目，搬上银幕的也很多，可叫人心心念念、忘不了亦舍不得放的却寥寥可数，1987年版的《倩女幽魂》便是其中一部。

　　当时看这部影片时，并不知道哥哥张国荣，也并未对这部戏抱有多大的期待，甚至从未想过这会成为后来日子里，每每想起哥哥，就得打开播放器反反复复看的一种执念。

　　眉眼如画，白衣素染，好一个清澈如琉璃的书生宁采臣，也难怪勾惯了男子魂魄的小倩会舍不得下手。诚然，这与宁采臣凛然端正、不为美色与财色所诱的品格有关，但不可否认的是，吸引着小倩的，还有那浊世中翩翩然、清逸的书生风姿。

　　小倩被姥姥控制时间已久，害死的人与勾来的魂魄更是不计其数，按理说，整日处在这种环境中，若不是习以为常的麻木，便是彻骨的厌恶。

　　所幸，我们的女主人公小倩是一个善良的女鬼，虽然被逼着害了那么多人后，仍然良心未泯，期待救赎。恰好这时候，她的救赎者——一位手无缚鸡之力，却善良正直，不欺暗室且清澈未染污浊的书生，宁采臣翩然而至。

　　蒲松龄的书上并未对宁采臣的外貌多做描写，甚至于，形容他时也只有"性慷爽，廉隅自重"七字，因而少时看到这一章时，脑海里浮现的也不过是一寻常书生的模样，至多是不同于酸儒之流，多了些慷慨爽朗，廉洁且自重的形象，但并未入心。

可到电影里，哥哥却生生地惊艳了所有人，也是那时，看到哥哥版的白衣素染、憨直纯情的宁采臣，方才正视起来。其实，用憨直来形容是不妥的，哥哥的容颜，分明是风华绝代的倾城，可眉眼细长、天人风姿的哥哥扮起这个纯情的甚至有些憨直的书生倒是极其入味。当然，哥哥所演的宁采臣，带着他独有的翩然清逸。

有时候想想，哥哥太美了，书生宁采臣应该是这样的吗？可疑惑着却又很快释然，是了，宁采臣就该是这样。试想若不是风姿卓越，单单是一普通书生，又怎会让小倩一见倾心？

也许这样说会显得小倩太肤浅，可若不是这样，怎么就偏生他一人例外？我不信这世间几百年，在兰若寺寄住的人中就唯独宁采臣一人品行端正，可他们最后不还是葬身于此？

所以，哥哥饰演的宁采臣就算风姿卓越些，也是恰好到极致。眉眼如画，清澈如琉璃，这样的书生，这样的人儿，再配上那七字对他品格的描述，如何不让小倩倾心？

影片中的经典情节有很多，乃至白缎与长剑交挥的打斗场景，都别具特色。可随着时间的流逝，停留在记忆里不泛黄不发腻的，是那凌水一吻。

　　为了让爱郎不被发现，能够保住性命，小倩只好在姥姥来时将他藏入水缸中，好掩藏他的气息。可小倩忘了，爱郎到底是人，不能长时间地憋在水中，需要换气，于是乎，便有了那倾城一吻。这一吻，纯挚却远胜云雨纠缠。

　　不得不说，王祖贤版的小倩是极美的，少了寻常妖狐精怪的俗艳，媚骨天成却又在一颦一笑间透露无邪的清纯。这独特的气质自然也落在了观看者的眼里，所以有人说这一版的聂小倩是最经典的小倩也是不为过的。

　　只是令人唏嘘的是，自《倩女幽魂》后，王祖贤似乎成了"女鬼专业户"，演绎的情节也基本一致，无怪乎是早夭成了女鬼，被迫为某些更为强大的妖精鬼怪服务去害人，而后遇到一个不为所动的男子，被感化、被救赎……可那么多的影片里，却再也没有一部如小倩般出彩了。

　　有时想想原因，归来归去还是落到了哥哥的身上，怪不得王祖贤。她依旧是美得惊人、温婉哀怨的女鬼，依旧会被救赎，可救赎她的，却不再是哥哥饰演的宁采臣。而哥哥，早已经不在。

　　那个穿白衫长衣背着书筐的书生，早已不在，徒留记忆里的怀念悲哀。

　　记不得是什么时候，偶然从杂志上看到仓央嘉措的一段话："好多年了，你一直在我伤口中幽居。我放下过天地，却从未放下过你，我生命中的千山万水，任你一一告别。世间事，除了生死，哪一件事不是闲事。"

他说得没错，这世间除了生死，哪一桩不是闲事。

可我们到底不是圣人，没有那么高的境界。于是在俗世的烟火中浮浮沉沉，为着所谓的闲事而喜怒哀乐、悲喜一生。

其实在青春年少时喜欢一个人真的只是刹那间的事，也许只是他的一个偶然回眸，并不怎么英俊的侧颜却惊艳了你；也许只是因为你不小心从他身上的白衬衫上闻到了皂角的清新；也许只是因为你在拥挤的公交车上看到了他背着大提琴安静得好似和人群隔离的模样；也许是下雨时他打了一把透明的雨伞；也许只是因为你正值情窦初开的年纪，而他刚好站在你面前。

很快你便陷入了爱情。当然，不仅仅是爱情，也包括爱情之前的仰慕、暗恋、甚至是相思。

如果你喜欢的人恰好也喜欢你，将是件多么幸福而又幸运的事。然而并非世间所有人都能拥有这样的幸运。爱情里最痛苦的事，是爱与被爱不能够同时发生。因此不同的人便有了不同的纠缠，结局或喜或悲。

关于爱情，年少时，你选择沉默，他能感受到你的默默守护或是无动于衷；你选择原地等待，或许有朝一日他也会回过头来或者渐行渐远；你选择积极进取，他终于被你打动，或者是退避三舍离你更远……

可是不管怎样，这都是你选择爱情的方式，无关对错，无关结局，只按心意。

这过程也许很坎坷，也许很崎岖，因为忠于自己的选择，遗憾也会觉得很淡然，痛苦失望也就不那么难以接受。

因为年少，所以我们还可以在以后长长的年华里静静疗伤，见证自己的坚强。多少年后行走在一个繁华的街道上，你回眸时，无意间看见年少时曾经喜欢的翩翩少年，他也许仍穿着白衫，也许仍旧是你当年动心时的模样，可是你却终于可以微笑着揽着身边丈夫的臂膀，微笑着和他打声招呼，内心里却对自己释然并感谢那些有他出现过的青春年华。

不用羡慕别人，你只是不知道别人也在羡慕你

月亮虽然没有太阳的光芒万丈，可是月亮有月亮的柔和以及特有的诗意，星星虽然没有月亮那么独一无二，可是星星有星星的明亮闪烁。其实我们都不差，只是感觉上难免会有落差。不用去羡慕别人，有时候，我们只是不知道别人也在羡慕着我们。

1

我在上中学的时候，数学成绩超差。全班有二十七个男生，八个女生，每个人都聪明优秀得让我羡慕。

我原本以为自己也不算差，至少一百分的卷子还是能考到九十分，然而那个用母亲的话来形容就是高高大大、气度不凡的数学老师一遍又一遍地告诉我，这分数，糟透了。

现在想来，不自信就是在那时扎入了我的心底。

后来每次面对数学考试对我而言就像是要面临行刑，连续两年数学成绩总是徘徊在班级倒数前五的行列里的那段时间，数学老师总是语重心长地劝我和父母商量一下，比如说可以考虑调到下面的普通班级，因为这样可能更有利于我学习及心理素质的提高，那一刻，我觉得自己都没有了存在的资格。

我知道自己偏科偏得特别严重。比如说语文和英语都能同时考班级第一，然后数学分数可能只达到这两门总分的三分之一，数学就好像是一场噩梦。初中整整三年，待在那个班里我都感觉自己是个局外人，就好像一群精英里面混杂了一个傻子，天知道我是多么羡慕那些数学能够毫不费力就考满分的人。

所以班级聚会什么的，我一次都不敢去。虽然我很想去，但是去了又能做什么？可能最多的就是向那些谈笑风生的姑娘和少年投去羡慕的眼光。

直到上了大学后我才敢鼓足勇气参加中学的聚会，去的时候心情还是超级忐忑，只默默地祈祷班级人那么多，大家应该不会记得我这个透明人。

只是我没想到，自己在大家眼中竟然从小透明升级成了大神。

听到"作家"这个词，我的确是受宠若惊的，彼时也在一些小杂志上刊登了一些文章，出版了几本销量还算差强人意的书。来的路上我还给自己鼓了勇气，安慰自己说，虽然我成绩不好，可是我的作文很好啊。

只是当听到有人说在初中读书那会儿很羡慕我的时候，我感觉世界都颠倒了，怎么会呢？

明明是我羡慕大家好吧！初中的时候我虽然不是太自卑，可是也绝对没有让人羡慕的地方啊？

"那个时候你数学不好，可是语文英语总是考班上前几名，怎么就不叫人羡慕了？我还和我同桌讨论说，虽然你偏科，可是偏得很有个性啊！甚至于，我们大家还觉得你像女版的韩寒呢！"

"以前你就作文好得不得了，每次参加比赛都是一等奖，我记得有一次你参加市里比赛得了个二等奖，咱们班的语文老师还不满意呢。现在可好，更是出版书成了作家。"

"就是，高中的时候我看到同学买新概念的作文，还自豪地和他说我以前有一个同学参加这个比赛得了二等奖呢！他都不敢相信。"

……

最让我目瞪口呆的是竟然有个同学和我说，因为偏科偏出知名度的人他是头一次遇到，怎么能不羡慕。

当时听了那么多人跟我说羡慕我的时候，我忽然觉得自己原来也可以成为别人羡慕的对象，心里就像打翻了好几吨蜂蜜那么甜。虽然我一直忍着，故作淡定，可还是控制不了自己嘴角上扬快要翘上天的弧度。

2

在大学里，我一直羡慕同宿舍的一个女孩子能够克制住对食物的欲望从而保持那么好的身材。对于一个不折不扣的吃货，每天从一睁开眼到上床熄灯的时候嘴巴都不曾停下的我，虽然没有步入胖子的行列，可是也一直在微胖界徘徊不定，离我想象中的骨感身材岂止是十万八千里。

我想过减肥，只是每次一看到美食，甚至于只是一张美食图片，减肥什么的立刻就被抛在脑后，那一刻，只知道满足口腹之欲才是最重要的。

可想而知，我是多么羡慕那个每天光喝水就能感觉饱了的姑娘。我甚至觉得她就是金庸大师所描绘的那种不食人间烟火的神仙姐姐，而我就是抱着一只卤鸡啃得满脸是油腻的傻姑。

直到某次我窝在宿舍看电视连续剧啃掉了十来只酸辣鸡爪后，那个姑娘悠悠地对我说，真希望有我这样的胃口，每次看我吃东西时幸福的样子，她都羡慕得不得了。

我自然以为她在开我玩笑，这是第一次听到有人说羡慕我能吃东西这样的话。这有什么好羡慕的啊，这是吃货的本能和天性啊！我才是真正地羡慕她。

然后她告诉我，她患有厌食症。她以前为了减肥，控制饮食，最初的时候还不断地用手指刺激咽部，使吃进的食物再吐出来，长此以往，见到食物就想吐。

父母带她上医院看后才知道，由于长期控制进食，以及她之前不断地用手指刺激咽部，使吃进的食物再吐出来已经让她患上了神经性厌食症。

医生告诉她，她已经人为地打乱了正常的神经生理反射，导致大脑"见到"食物信号不再兴奋，消化液分泌减少，胃肠蠕动减慢，面对食物不再有饥饿感，而是真的从心里感觉厌恶、想吐，最后心理、生理反应趋于一致，形成病理性神经反射。

简单来说就是看到食物就想吐，即便肚子饥饿，也没法正常地吃饭。

所以当她看到我每天抱着一堆东西从不让嘴巴停下，吧唧吧唧地享受美食的时候，是多么羡慕。

3

今年寒假微博上流行一个段子，专门用来应对亲戚邻居乃至七大姑八大姨关于结婚、工作升迁等问题的盘问。以防万一，我也特意将应答多看了好几遍，以期能够派上用场。

不知是由于自作多情，或者是因为好运，种种排练好的应答一项都没能够派上用场。倒是闺密和同学聚会的时候，听着大家互相抱怨，我一个劲儿地在那儿偷开心外加"取经"。

起初大家讨论的是原来学校班上的某某和某某结婚啦，某某的孩子都能打酱油了，某某都已经生了第二胎，对了，还有从前貌不惊人的某某竟然嫁了一个资产近亿的富二代等等话题，作为几个大龄剩女中一员的我一边吮吸着奶茶一边认真听着，一边暗自感慨。

人家都已经收获了秋天的果实，我的春天至今还没有到来，甚至于，我还没从寒冷的冬天里跑出来……

当我表示对已婚的大家表示由衷地羡慕的时候，竟然有人将话题一转："你们羡慕我们这些踏入婚姻坟墓的人，我们还羡慕你们这些自由自在、没有人管的单身贵族呢！结了婚虽好，但是……"

后来又说到某某在父母的安排下进了国企，某某凭借专业八级的英语口译进了外企做翻译，某某考上了硕士、博士，某某在大城市里拼搏如今升了部门经理，月薪好几万，某某的创业公司的新闻甚至于都登上了市级电视台的新闻简说……只是不知道为什么好好的高大上的话题又引到了教师的身上。

大家突然又开始感慨还是做老师好，每周每年都有固定的假期，一天只要上固定的那么两三节课，其余的时间就是坐在办公室里悠闲地备个课喝个茶，轻松悠闲，自在的同时还名利双收，受到家长同学的敬仰……

作为一个迈入教师这个行业还没几年的人，我听着自然是忍不住汗颜。还名利双收？我为何没能体会到作为老师原来还有这么多的好处、优点？只是不管如何，在我羡慕人家月薪过万、做着有发展前途的工作的时候，大家开始羡慕起了我……

4

　　一直以来，我都是偷偷地羡慕着别人，直到后来才发现我偷偷羡慕别人的同时，别人竟也在羡慕着我。

　　我羡慕别人不费吹灰之力就可以将我认为刀山火海般难以跨越的数学学得那么好，后来才知道别人也在羡慕我能够写出那么好的文章甚至于偏科都能偏出知名度；我羡慕别人不吃饭光喝水就能够饱腹并保持骨感身材，别人羡慕我能够有那么好的胃口，以至于看到我吃东西的模样就觉得很幸福；我羡慕别人能够那么快地找到人生中的另一半，步入婚姻殿堂结婚生子，别人羡慕我拥有自在的单身贵族生活；我羡慕别人薪资过万，别人羡慕我拥有一份假期、福利、名誉、口碑都好的教师工作……

　　月亮虽然没有太阳的光芒万丈，可是月亮有月亮的柔和以及特有的诗意，星星虽然没有月亮那么独一无二，可是星星有星星的明亮闪烁。其实我们都不差，只是感觉上难免会有落差。不用去羡慕别人，有时候，我们只是不知道别人也在羡慕着我们。

那些任性的人就是有任性的资本

那些在你看来生活得有些任性的人，他们有自己任性的资本。而这种任性并非是毫无底气不知天高地厚的痴傻，也不是借助于父辈的恩荫。这种任性，是来自于自身的努力所获得价值赞同，旁人无从指责，也没有批判的资格。

他们任性肆意地生活着，享用的，是自己挣下的资本。

1

高中的时候，苹果姑娘觉得坐在自己前面的A君特别牛掰，每天来到学校第一件事就是将书包塞进课桌肚里，然后趴在桌子上睡觉。苹果姑娘觉得对于A君来说，上课和下课根本没有什么区别。

每个学校、每个班级总会有一个在家没有睡醒、在学校补觉的学生。

只是这个A君，让苹果姑娘开了眼界，长了见识。

苹果姑娘所在的班级是整个年级公认的优等生集聚地，而每天上课都趴在座位上睡觉的A君，是优等生中的优等生。

上课时被老师点名回答问题，明明在睡觉的A君却总是能够慢悠悠地站起来然后准确无误地回答出来。甚至于有些时候，苹果姑娘被提问到不会的问题，支支吾吾答不出来的时候，睡梦中的A君还能闭着眼睛像说梦话一样小声地告诉她，让她在尴尬中得到解救。

原本以为让老师们不介意A君在自己的课堂上睡觉的原因是他有个副校长的爸爸，但等到连续六次考试，苹果姑娘发现光荣榜上的第一名连续被A君承包了五次后，苹果姑娘才知道A君能够这样睡觉的终极原因。

扪心自问，如果苹果姑娘做了老师，有一个这样的天才学生，不要说是睡觉了，就是连续请假几天在家休息也是没有关系的。

人家A君睡觉，也是有睡觉的资本的。

2

苹果姑娘觉得如果把自己比作水果中的平民，那么山竹姑娘就是水果中的王后。

在她每天辛辛苦苦匆匆忙忙地赶公交，挤地铁，生怕错过上班时间一分一秒的时候，山竹姑娘正悠然地开着她大红色的玛莎拉蒂去公司。

在她每个月兢兢业业工作，周末勤勤恳恳地加班盼望能够多一点工资好刨去每个月的租金外加水电还能有所剩余，精打细算地生活着的时候，山竹姑娘踩着Jimmy Choo的高跟鞋，穿着香奈儿的高端定制套装，挎着LV的包包正漫步于各大百货商场里随意采购或者是带着精致的妆容，优雅地喝着一杯下午茶。

在她数着积攒不多的存折打算去国内某个向往已久的旅游景点穷游一下的时候，山竹姑娘早已坐着飞机的头等舱穿越了万水千山；在她犹豫着是否要花钱买个播放器会员来看米兰时装秀全球首播的时候，山竹姑娘的脖子上系着某个服装大师特意为她设计的丝巾刚从米兰秀场回来……

山竹姑娘是苹果姑娘的大学宿友兼闺密，在旁人看来，两人是如何都不能划分于同一个圈子的。山竹姑娘就像是个高高在上的皇后，能够享用一切奢侈而又美好的东西，而苹果姑娘只是万千普通姑娘中的一个。

她也羡慕山竹姑娘，但不嫉妒她。山竹姑娘送她东西或者请客吃饭的时候，苹果姑娘即使有时会不好意思，但是也能坦然接受。

她不认为这是居高临下的施舍或者炫耀，苹果姑娘知道，这只是山竹姑娘真心地想要与她分享。

刨去山竹姑娘的父亲是某排名全球五百强的上市公司董事长之外，光是山竹姑娘牛津大学的金融博士学位以及自己创办的事务所，苹果姑娘就知道，山竹姑娘有任性的资本。

山竹姑娘可以任性地过着王后般的生活，因为她原本就有着高贵的身份以及努力的成本。

3

苹果姑娘有个表姐樱桃，今年三十四岁，未婚。

樱桃表姐可以说是大龄剩女的典范，只是她自己从来不会担心自己的婚姻，以及再不将就，过了年纪便会无人问津，只能成为老姑婆中的一员。

樱桃表姐长得貌美，用苹果姑娘在书上看到的话来形容，那便是美得像是从一幅水墨画中走出来的一般。除此之外，樱桃表姐还是一个不折不扣的女博士，在一家外贸总公司里担任对华销售总监。

追她的人如过江之鲫，只是无一例外，都被挡在了门外。

不是拿架子高傲也不是待价而沽嫁入豪门，苹果姑娘知道，樱桃表姐只是暂时没有把结婚放在日常考虑行程上面。

就像范爷说的那样，有的女人自己就是豪门。

被逼婚逼得狠的时候，樱桃表姐说过，我有工作，自给自足，不需要在乎年龄、职业、外貌、身材，不用害怕自己活得不够好被人耻笑，也不用担心哪一天就会被抛弃。男友能提供的一切，我自己都可以。房子我已经买好也早已入住，家中维修管理的我不会，但是我可以打电话找物业公司，接送上下班的话，如果我愿意，也可以请个司机。

她不是不想结婚，只是暂时没有这个需要。

相比那些屈服于世俗言语、父母要求下匆匆结婚结合在一起的年轻男女，樱桃表姐可以说是任性至极，她旁若无人地做着自己，按照自己的心意一步一步地进行着。

她优秀到不需要白马王子，她自己便可以骑上白马慢慢悠悠地走向城堡，顺便在一路上看看美丽的风景。

4

那些在你看来生活得有些任性的人，他们有自己任性的资本。而这种任性并非是毫无底气不知天高地厚的痴傻，也不是借助于父辈的恩荫。这种任性，是来自于自身的努力所获得价值赞同，旁人无从指责，也没有批判的资格。

他们任性肆意地生活着，享用的，是自己挣下的资本。

月光照在青石砌成的路上，女子的面庞清冷而悠远。是等一个人，还是等一段故事，往事湿漉漉地穿过森林，掠过花海，最终抵达记忆。我不在乎岁月变迁，不在乎容颜渐衰，我只在乎面对你的时候，你眼中是我。司马相如终是负了卓文君啊，可我却笃定，你是我唯一所钟，只希冀，愿得一心人，白首不分离。

"愿得一心人，白首不相离。"

打开请柬，映入眼帘的，便是卓文君写给司马相如的一句诗，被人用隽秀而不失刚毅的字体写在大红色的婚帖上，她伸出食指仔细地触摸着婚帖上的每一字，似要将当中的每一字都刻录在脑海里。

最后，她将目光流转于婚帖下面那张合照上。照片上的女子容颜娇俏，一脸幸福地倚在身旁男子的肩膀上，而右边的男子，温润如玉，安然俊雅。

终是忍不住，她低下头，轻轻地吻了照片上的人。

那个从年少时就爱恋上的男子，终于成为他人的丈夫。

十余年的暗恋，隔着年少时的悲喜欢忧，承载着她对未来所有的期冀，终于都结束了。

陆子安。

含在唇齿间念了上万遍的名字，这一次，她只能默默地做着唇形。

努力地瞪着眼，却始终流不出泪来。

也是，人家的大好日子，自己哭又算得了什么，总不至于顶着一双红红的兔子眼飞去欧洲参加公司之间的洽谈会议吧。

"刚刚风无意吹起，花瓣随着风落地，我看见多么美的一场樱花雨……"手机显示的是苏晴，她愣愣地看了几秒，方才接起。

"喂，是梓华吗？我是小晴啊，你该不会连我的声音都听不出来了吧？"

"怎么会呢，准新娘的声音我可不会听错的。"她努力地让自己的声音听起来自然些，"怎么，这么快就迫不及待地在我们这些大龄剩女面前显摆幸福了是不？小心我做小三挖了你的墙脚来泄恨！"

手机里立马传来属于江南女子的呢软声音："不要啦，人家修炼了百年才等到一个好老公，梓华你可不要横刀夺爱哦。我会哭死的！"

听着横刀夺爱一词，程梓华忽然很想笑，她倒是想，但可以吗？

"好啦，不逗你玩了，我看到请帖了，日期定的是后天对吧，可是我明天就要飞到欧洲出差一星期，洽谈一个合资项目，你也明白，这个项目我已经争取了好久，如今好不容易有了机会，所以……希望新娘子能够体会我们这些嫁不出去只能嫁给工作的老姑娘。"

"梓华，你真是个拼命三娘，大家说得一点都没错！不过，体谅归体谅，人没来，礼物我一定要！你在高中时就答应我们三个，等大家结婚时，你要给我们每个人设计一条旗袍的！"

"好啊，敢情你是惦记着我的旗袍而不是我啊，好伤心。"

"死样，是你自己忙于工作没空参加我的婚礼，我大人不计小人过也就算了，你竟然得了便宜还卖乖，讨打！……小晴，你要打谁呢？"

电话那头忽然传来了男子温厚的嗓音，随即是女子娇软的回答："我要打眉欢呢，谁让她不来参加我的婚礼。对了安，你记得梓华吧，我们明晔当年的镇校之宝哦，后来的省状元啊！"程梓华将手机紧紧地贴在耳边，并鬼使神差地按下了录音键。

"这么优秀的女孩子，我怎么可能忘记呢。梓华，你不来参加我和小晴的婚礼，好失望！"很显然，苏晴将手机转给了自己的未来丈夫："安，你先和梓华说，我去厨房看看咱们的晚饭。我好像闻到焦味了。"

因为知道手机的那一头是他，心竟然不可抑制地狂跳："唉！我也想去你们的婚礼呢，本来还计划着在你们的婚礼上打扮得艳压群芳，盖过新娘，看看能不能把这个当时风靡了我们整个高中时代的帅哥天才给拐跑呢，奈何老天不给我机会啊！"

她故意将话题转得轻松明快："如果我后天能去的话，不知道新郎愿不愿意跟我走呢？"

电话那头听了好久，在程梓华以为手机快挂了的时候，那边突然传来男子温柔的嗓音："愿意的。"然后便是嘟嘟的声音。

似一个百转千回，她疑心自己思慕过度出现了错觉，可手机里的录音文件又明明白白在那儿，一时间，她都感觉自己处于游离的状态。

不知过了多久，手机铃声再次响起，才让她回过神。号码上没有备注姓名，不过显示的地区倒是离她不远："喂，您好，请问是？"

手机那头却没有人说话，很静很静，当她几乎以为这是一个骚扰电话准备挂掉时，突然一个激灵，若是，若是……

这电话便舍不得挂了，哪怕是听到那人的呼吸也是好的。

"嘟……"她苦笑着将手机从耳边移下，看着屏幕上显示的通话结束的字眼。不比方才，这一次，她真的只能认为是自己的错觉了。

周围的人都笑她铁石心肠，抑或是眼光太高，所以至今都没有一个好的归宿。其实，不是眼光高，也不是铁石心肠，她有喜欢的人，只是那人不喜欢她而已。

从初一到高三，从大一到大四，再到现在。

最早喜欢上陆子安的时候13岁，那时她年少。如今28岁，觉得自己是老姑娘。

不是没有想过去表白，告诉那个人自己喜欢他。

可是上天好像给她开了一个不大不小的玩笑，每次当她好不容易鼓起勇气的时候，他身边总是碰巧有了好姑娘。从初中到高中，她预谋了五次告白，四次胎死腹中。

还有一次，写了信，无回音。

虽然人前自信，可她自己知道，其实大家以为优秀的程梓华是个很懦弱胆小的人。

还好少年时代的她不贪心，不一定非要和喜欢的人在一起。

甚至，只要相见时会心一笑也就很满足。倘若，能说上一两句话则更好。

每当想到这个的时候，程梓华更加铆足劲儿学习。

她没有任何特长，长得只能算是中人之姿，家境也普通得很，唯一擅长的就是死读书和画一些没有技巧可言只有她自己明白的设计图。

还好，她不笨，并且愿意刻苦，所以在学校的成绩一直很好，甚至，从没有落下过年级前三，通常都是第一。

偶尔第二第三那几次考第一的一定是陆子安。

每当学校有大考的时候，便是她最开心的时候，因为每次考试过后，学校都会开一个表彰大会，重点表扬年级前五名。在中学时代，她和陆子安，从来都是表扬的不二人选。这个时候，陆子安总是会朝她淡淡一笑，虽然一笑，但足以温暖。如果是她考了第一，陆子安还会在领奖时朝她眨眼："又是你考了第一呢，好厉害。"

这个时候，程梓华总会觉得，考第一真是件幸福的事。

不过，幸福也就仅限于此。

考上市重点高中的那个暑假，她用做了一个月家教的钱报了一个绘画班。

陆子安喜欢穿白色的衣服，尤其是衬衫。她在本子上想画他的时候，就用白衬衫来代替他。没有刺绣，没有其他浮夸张扬的颜色，就是简单的、干净的白衬衫。

后来有次在书中看到一幅图，作者风格和她倒是有些像，也是想画给自己喜欢的人，不过用了旗袍代替。

程梓华在看那幅图时在想，能被旗袍这样挑剔美丽的事物所替代，那一定是个很美丽的女人。那旗袍设计得很简单，琉璃白色的衣身，中袖和高领盘扣搭配中规中矩，可袖口盘旋着的浅蓝色云形回纹却点缀了所有的美丽。

程梓华很羡慕那个女人，在那一刻她突然想到，如果在白衬衫旁边配上一件旗袍也许很美。

自此她迷上了画旗袍，闲暇时间跑遍了所有的成衣老店研究各式的旗袍，而后加上自己的想法画出了好多的旗袍。

她还记得陆子安无意中看到她的画稿时惊喜的模样让她开心了好久。

放下手机，她打开衣橱，从里面拿出一个方形的盒子。

打开盒子，那里面是一件藕荷色的锦缎薄纱旗袍，每一朵精致的云纹盘绣上都有一个小小的安字，只是细密的针脚让这个字除了设计者，旁人无从看清。

不过，这件旗袍明天早上就要寄给苏晴。这曾是她满怀期待给自己设计的嫁衣，如今要给自己最好的闺密。

其实，这也很好。

白衬衫终于有旗袍配衬着，男子温润如玉，女子娇俏可人。

真好。

因为喜欢你，我努力地让自己变得那么优异。即使最终没有在一起，我也衷心地祝福你。天涯海角，各自在自己的年华岁月里静静安好。

时光里
不会褪色的美好

年少时光里，总是会喜欢一个有着阳光般温暖微笑的少年，纵使后来世事变迁，记忆里那份美好，却总是一再在心头流连。

刚一登录上新浪微博，魏匡宜便看到一条私信。

简短的两个字：谢谢。

她看着这两个字久久地失神，过了好久才想起回复对方：不客气。

她很想再多说一点，打了满满的三行字最后在临发出时又迅速地删掉，只空发了微博上的两朵向日葵表情给对方。

关掉微博页面后，她点开了最新的一条娱乐新闻：新晋人气小天王不敌过气男明星，《时光》换角，是幻觉还是阴谋？

上面赫然映着顾蓝兮和他的图片。顾蓝兮的是一张最新巴黎时尚写真，精致堂皇，而他的却是一张四年前便被广泛使用的丑闻照片，当时被炒得沸沸扬扬的著名男影星猥亵女童案。虽然事后经过法庭审查表明他是无辜的，整件事是有人恶意造谣陷害，但是对他造成的伤害，已经无法挽回。

她清楚地记得那张图片，因为里面"受到猥亵"的女童，是她的亲妹妹。

她是魏匡宜，如今的当红言情小说天后亦鹿。一年前凭借一部《时光替我来告白》在华语言情大赛中脱颖而出一举拿下冠军，受到亿万粉丝追捧，在出版商的包装下迅速成为新晋人气最旺的言情作家。

而方才的娱乐头条新闻里所说的换角风波，导火线便是她手中的这部《时光替我来告白》。影视公司当初与她接洽买下这本小说的影视版权时，明确承诺了男女主角可以由她来钦定其中一个。

原本公司看好的男主角是因为一支手机广告爆红随后又以一部低成本小制作的文艺片斩获金马奖最佳男演员的新晋当红小生顾蓝兮，可是在将演员表发给魏匡宜后的第二天，却得知魏匡宜要换男主角的想法。若是换成一般人倒也罢了，只是魏匡宜所谓的最佳人选竟然是一个已经过气好多年的男明星，若是过气倒也罢了，公司可以通过这部戏将他再度捧红，可更让人没法接受的是，这个男明星是曾经一度因为"猥亵幼女"丑闻而闹得沸沸扬扬的温故安。

公司委婉地表明不能用温故安做男主角以及为何不能用他的种种原因，不料魏匡宜却揪住合约上的款项不依不饶，要求男主角一定得是他，绝对不做第二人选。

《时光》临时换角这一举动在娱乐圈引起轩然大波，一时间成了各大搜索排名第一的话题，甚至包揽了所有浏览器的热点关注。于是，便有了上述的新闻头条。

在大家都在猜测其中内情的时候，不可避免的，有人将四年前的猥亵幼女案拿来说事。

负责《时光》电影拍摄的制作人当时看到这条信息时甚至一度紧张地联系公司想要启动应急公关措施，不料第二天舆论竟是以支持温故安的绝对优势压倒其余对他不利的信息。

在这其中被炒得最热的无疑是一个标题名叫"怎么舍得冤枉他"的帖子，里面将"猥亵女童案"的事情缘由包括法庭当年判决的视频甚至是审判书都明明白白地张贴了出来，用证据有力地还了温故安一个清白。

帖子一出自然又是一阵轩然大波，不过这一次，倒是彻底地将"温故安"这三个字展现在世人的眼前。一时间各种追悔道歉的帖子将屏幕铺满，甚至有些粉丝不知从哪找来他平日的一些生活图片将这些配合文字整合在一起，与当下流行的"美男鲜肉"做对比，更加突出了温故安独有的书卷清透气质。不用魏匡宜再说，公司已然确认温故安作为《时光》男主的不二人选。

温故安因此再次大红。

在知道《时光》首集播放便破了各大纪录后魏匡宜已经不觉得惊讶，这完全在她的意料之中。

世人通常都是这样，给一个人扣上种种污浊罪名将他伤害得体无完肤后，忽然知道这个人是冤枉的，就想着迫不及待地对他好，为他平反。仿佛这样做了之后从前的那些伤害就可以忽略当作完全没有发生过一样。

在别人的心口插了一刀后才知道是冤枉了人，于是在拔刀之后说句对不起顺便给人买上些许补品作为补偿，以为可以就此完事，他们不知道身体可以愈合，只是伤痛却会永远地留在心里。

"迈克谢谢你这次帮我，等这件事彻底地过去后我会立刻坐上最快一班去纽约的飞机。"

挂了电话后她盯着屏幕上播放着的电视剧傻傻地看着。屏幕里面一身素白衬衫的少年正在煮茶，他一边动作优雅地布置茶具一边不时地看向蜷缩在桌子底下的女童。

女童的脸上布满了各种伤痕，尤其是额头上那一块伤疤更触目惊心。

"你也喜欢喝茶吗？"女童看着面前犹如天使一般的少年摇了摇头复又迅速地点了点头，搞得少年也不知道她到底是喜欢还是不喜欢。不过在看到女童狼吞虎咽似的喝茶方式后，少年终于弯起了唇角。

　　"雪里禅要慢点喝才会有味道。"只是等他说完这句话时女童已经将第二杯也尽数入了肚，然后楚楚可怜地看着他握着茶壶柄的右手。

　　画面切换，是女童回到家里被喝得醉醺醺的父亲连续扇了四个巴掌的情形，因为用力过猛，女童被掀翻在地。父亲将她一顿拳打脚踢后被继母搀扶着神志不清地向前走着，可嘴里还记得不停地骂："你今天是不是又去找那个贱人了？我打死你这个贱人生的赔钱货，她不要你你倒是还知道给我滚回来……"

　　虽然扮演男女主角小时候的演员都是新人，但或许是因为细节分外地真实加上表情演绎到位，才播出两集就见各大播放器的评论区哭声一片。

　　随着剧集的更新播放，这股《时光》热潮非但不减反增，很多看过原著的读者甚至开始集成一个团体来抗议，在魏匡宜的微博下留言希望她能将电视剧的结尾改动，不要像原著一样虐得人痛不欲生。

　　魏匡宜看着那些评论里请求她照顾好温故安的粉丝们不禁失笑，她也想照顾，可她要如何去照顾呢？

　　闭上眼，她不想在还未回忆之前就丢盔弃甲让自己狼狈不堪。

　　回忆是件很痛苦的事，因为对于她来说，是要把所有已经结痂的伤疤再次血淋淋地撕开，不光痛，还提醒着自己那些散发着腐烂气息的肮脏龌龊没有因为时间的淡去而消失，它仍存在那里。

六岁时的她很不能明白为什么世事变化那么快，不明白为什么妈妈突然离开自己和爸爸而去做了别人的妈妈，不明白为什么爸爸突然喜欢上了喝酒和打她，不明白自己为什么突然有了一个新妈妈还有一个软软的像棉花糖一样的妹妹，她甚至不明白为什么自己什么都没有做就突然被全世界抛弃了。

可是七岁的时候，她遇见了一个少年。这个少年有着世上最好看的容貌，最温暖的笑容，还有他会煮出最好喝的茶。于是那些疼痛都不再让她难受，每次父亲喝醉了，有时是在他自己，有时是在继母的唆使下打她时，她都会下意识地逃跑，然后找到那个少年。

时间长了她知道了那少年的名字，温故安。在后来没能逃过父亲的殴打时她就闭着眼睛在唇边默默地一遍又一遍地做着呼唤"温故安"的唇形。仿佛只要唤着这个名字，那些疼痛都不那么疼痛了。

随着年龄的增长，她知道少年不仅会煮茶，他还会好多事情，包括弹钢琴和国画。当时她不知道国画是什么，只是看着宣纸上的水墨有了想哭的欲望。

少年会温柔地叫她匡宜，十三岁之前的魏匡宜觉得温故安就是她的天使。她觉得也许上帝并不偏心。你看，虽然妈妈不要她，爸爸和继母一起打她，可是因为这样，她遇到了温故安。

可兴许是上帝觉得之前对她好得有些过头了，所以迫不及待地要收回些。

整日酗酒的父亲终于因为酒精中毒导致肝硬化在某一天早晨突然撒手人寰。父亲倒下去的那一刻，她正趴在书桌上写东西，用着昨天温故安送她的印有小鹿的彩页笔记本写日记，写所有她想要写的东西。

当她写到"我牵着鹿，而你正在煮一壶未开的茶"时，听到了后母的尖叫声。

父亲死了，终于死了。她不明白为什么继母能在葬礼上哭得那么伤心，好像失去了全世界一样，明明她应该很开心才对。因为这样，她再也不需要偷偷摸摸地带着那个叔叔来家里了。

年方七岁的妹妹刚刚吃完冰淇淋，一边舔着自己肉乎乎的手指一边仰起头问她："姐姐，我们要有新爸爸了吗？"

也许吧。

她看着那个正亲热地揽着继母的中年男子，突然撒腿就跑。

她跑到了温故安家的楼下，大口大口地喘着粗气，这是她第一次仔细认真地打量温故安的家。从前都是从小路翻到他家的后花园里，尽管温故安和她说过，以后找他玩不一定非得翻墙到小花园里，可以直接到他家里做客。

他母亲早逝，父亲忙着做生意，新娶的后母陪着父亲天南海北地飞，偌大的房子也只有他和姆妈两个人。

只是这次她想光明正大地去他家做客时，他却要走了。

她不知道什么叫走私，当少年告诉她因为父亲公司被查出走私非法药品而被宣布破产判刑的时候，她什么都不能做，只能看着少年坐在车里跟着他的后母一起离开。

整个过程中，他的后母都没有看她一眼。

她突然想起，好像在和温故安相识的这几年里，她一次都没有提起过自己的妈妈，亲生母亲。所以温故安永远都不会知道，刚刚催促他动作快点的后妈，就是不要她的妈妈。

七岁那年他看见那个蜷缩在他家花台底下的小女孩并不是偶然，她撒了谎说是因为迷路了，其实她只是听到父亲在一次喝醉酒的时候提及过。所以，当她被父亲再次殴打的时候，就存着要去找妈妈的心思跑到了这里。然后，妈妈没有看到，她却幸运地遇上了他。

十七岁的魏匡宜已经不上学了，虽然她当初以接近满分的中考成绩考上了明德，只是因为后母没有供她继续读书的打算所以只好作罢。

坦白地说，虽然后母对她依旧不是很好，可至少不会像父亲一样动不动就对她拳打脚踢，所以少了许多伤，照着镜子时，魏匡宜发现自己也算得上是一个清秀的小姑娘。

温故安离开了五年后，魏匡宜从报纸上看到了关于他的消息。那时他已经成为一名当红男星，据说是在上学的途中被星探发掘，然后被引荐给了当时正在寻找男主角的大导演顾南，因为天生的贵族气质和俊朗的外表，试过戏后就立刻被定为该戏男主角。随着这部戏在柏林电影节上获奖，温故安迅速成为当红的电影小生。

虽然当初离开时温故安承诺一定会回来找她，可魏匡宜没想到他竟然真的回来了，并且要带她一起离开。

只是最后没有离开。

那日他敲开魏匡宜的房间门时，迎接他的不是收拾好行李准备与他一起走的少女，而是少女的后母。少女的后母像疯了似的缠住他揪打他，口口声声地骂他"禽兽，丧心病狂"，在他还没有反应过来的时候，突然之间不知从哪里就出现了好多闪光灯对着他照射，记者噼里啪啦的提问让他忽然脑海一片空白。

明明是想要过来接匡宜走的温故安，却在忽然之间被扣上了"猥亵幼女"的罪名。在看到那些言之凿凿的报道和证据时，他一度以为那是上天给他开的一个玩笑。

可惜不是。从回到这个小城时，他就一度被人盯上算计。目的很明确，就是要他身败名裂，除掉这个威胁自己地位的对手。

至于对方是如何知道她以及如何买通她的继母来演这场戏，那已经完全不重要。继母后来跟的男人不酗酒，但好赌。在花光了她父亲的遗产后并没有收手，四处借高利贷去赌，赌了再输，直到要债的人找上门带走了继父。

当时的她，满心欢喜地喝下了继母给她冲的一杯麦片后昏睡不醒。醒来时发现早已经人去楼空，家里所有值钱的东西已经全都被人带走，只剩下一个空壳子还有她自己。

通过周围的邻居她才明白了事情的大概始末，她知道他是被冤枉的，可是他却已经不愿意再见她。

因为她，温故安身败名裂。

后来是他的律师找上了自己，告诉她整件事的原委，并请求她出庭做证。虽然最后法庭经过审判还了他清白，只是失去的名誉和造成的恶劣影响却再也无法挽回。

当年他的出名就像昙花一现，很快消失。

时隔多年，如今看到温故安再度红起来，她总算是了了当年的心愿。

已婚，已红，已清白。

飞机起飞的那一刹那，她出现了短暂的眩晕。恍惚中，仿佛回到了多年前，因为逃避父亲追打的女童误闯进了别人家的花园，然后遇见了一个正在煮茶的少年。

年少时光里，总是会喜欢一个有着阳光般温暖笑容的少年，纵使后来世事变迁，记忆里那份美好，却总是一再在心头流连。

送你一片晴空暖阳

坐在飞机上往窗户外看的时候，映入眼帘的却不再是大朵大朵的白云，而是漫山遍野的鸢尾，和鸢尾中那个朝她微笑时睫毛如蝶翼般扑闪的男子。

1

雨天姑娘觉得自己最近有必要去拜拜佛，晒晒太阳。因为最近的生活对她而言，真的是糟透了。

连续一整周没有睡觉，辛辛苦苦做出的企划案被主管上司一口否决，甚至连辩解的机会都没有给她便开口让她重做。自己相处三年的男友突然劈腿，并且在她还满心期望着去拍婚纱照的时候，让她撞见他和另外一个女人在车里激吻。对了，另外一个女人就是前不久否决了她企划案的女上司。

于是当这个女人再一次以诸如想象力匮乏细节、照顾不周等莫名其妙的理由否决她的企划案时，雨天姑娘忍无可忍地将企划案摔在了她脸上："世界这么大，我要出去走走。对了，郭主管，你应该出去走走，世界这么大，不是只有蒋子豪这么一个男人。勾引别人的未婚夫，真的不好！"

说完这些话后，她深吸一口气，不顾办公室里其他人的目光，昂首挺胸地踩着她的小高跟，走了出去。

雨天姑娘决定给自己一个假期，她觉得自己的心灵被长时间压制在一个狭小的范围内，是时候该放它出去走走，感受下世界的博大。

于是她以连自己都感觉不可思议的速度订了张飞往意大利的机票，然后出国散心。

坐在飞机上的时候，她看着窗外仿佛伸手便可以触碰的蓝天白云，心中顿时一片安然寂静，那些让自己气急不能容忍的人和事，也显得无关紧要了。

2

到了意大利，她才发现，自己被困在那个角落里已经太久太久，久到她一来到这里，便好似解放了性灵的鱼儿。

没有人来接她。飞机落地后，雨天姑娘自己一个人拖着行李箱硬是走出了这个迷宫一样的机场，然后随手招了一个十分热情的出租车司机，想了想用着还算不蹩脚的英语告诉司机大叔自己要去的地方，一个有着乌菲齐美术馆、圣母百花大教堂，以及米开朗基罗广场等著名旅游景点的意大利经典城市——佛罗伦萨。

她的口语虽不是十分地道，却也表述得十分清楚，司机也能很快理解。于是不久车子便发动了起来，雨天姑娘在车上闭目小憩了一段时间，睁开眼便已然是另外一番境界。车子经过山冈，她被漫山遍野的鸢尾迷得神魂颠倒，于是索性便在这里下了车。

她在路上慢慢地走着，走到了附近一家名叫圣玛利亚的咖啡花圃里。满园的鸢尾，在盈盈灯光的照耀下，散发着幽幽的清香，叶托上长长的六片宝蓝色花瓣边缘微卷，更像是停留在叶子上小憩的蝴蝶，因着这满园玲珑小管灯光，蝶衣上面点点嫩黄色和深紫色的斑斓，宛如在彩虹中溅起被霎时定格的涟漪。

她不禁佩服起这家店主的浪漫情怀。艺术与美感果真是没有国界的，宋代词人苏轼曾经说："只恐夜深花睡去，故烧高烛照红妆。"而在佛罗伦萨一个小镇的咖啡屋里，竟然也有人采用了相同的方法。虽说此花非彼花，然而爱花的行径、心境却都一样。

3

她以为这个笼罩在鸢尾丛中的咖啡屋便是自己此行的最大收获，而实际上，那只是之一。

不过她倒是应该感谢这个别致风雅的咖啡屋，让她再次遇见自己的幸福。

第二天她在酒店里换了身湖蓝色雪纺长裙，外面罩了件乳白色的针织衫。像前天才到时一样，她仍去了那家被鸢尾花所笼罩的咖啡馆，点上一壶咖啡，带上一本书然后静坐一个下午。

她甚至都没有到佛罗伦萨的经典之地譬如之前自己和司机交流时提到的乌菲齐美术馆、圣母百花大教堂，以及米开朗基罗广场去看看，仿佛千里迢迢从北京飞到意大利，便只是为了这家咖啡馆。

只有她自己明白为什么，并不是单纯为了这份浪漫而风雅的意境，更是因为一个穿着黑色风衣，有着俊俏轮廓的男子。

那是一个五官异常深刻精致，长相十分俊美的男子。雨天姑娘注视着他那双好似绿松石一样的眸子心里暗暗对自己说道："完了，雨天姑娘，你已经完全被他给吸引了。你要记住啊，你是来散心的，不是来犯花痴的。"

可是尽管她对自己暗示那么多遍，却还是不可救药地喜欢上了这个穿着黑色风衣、沉默寡言的男子。

4

因为连续两天都能看到他在咖啡馆里的身影，雨天姑娘大胆地推测他一定还会继续来这里。

果不其然，推测正确。

第三天的傍晚，雨天姑娘的一壶咖啡快要喝到一半时，那人进来了。她用眼角的余光打量着那个意大利男子，只见他今日穿的是一身淡蓝色的条纹细线格衬衫，领口随意地微敞着，从雨天姑娘这个角度看过去，刚好看到他小巧而精致的蝴蝶锁骨。

只是他的眉头好似从雨天姑娘发现他为止都一直皱着，没有舒展开来过，因而整张脸也都带着淡淡的愁容，这让他整个人看起来都像笼罩在一层淡淡的忧郁之中。

雨天姑娘突然想到了很久之前看的一部影片，片名如果没有记错的话叫作《这个杀手不太冷》。不知为何，她忽然觉得眼前不远处这个正在用汤匙优雅地搅拌咖啡的男子，像极了戏中的那个总是戴着墨镜不苟言笑、只有在面对小女孩Mathilda时才会露出笑脸的职业杀手里昂。

他们身上都有一种气质，一种清冷的、危险的，却又让人无法拒绝的气质。

雨天姑娘以为自己也许就只能像一个偷窥客一样在这家咖啡馆里紧密注视着他的一举一动，一旦他离开，目光便也停止了。对了，他每次和自己点的咖啡都是一样，卡布奇诺。除此之外，两人再无交集。

可是因为一场大雨，却让她有了开口的机会。

5

雨天姑娘从没觉得上天是如此的善解人意，在她苦恼着要如何开口与那人交谈第一句话时，竟然适时下起了瓢泼大雨。

咖啡店是露天的，为了能够营造出一种浪漫气息，店铺老板特意没有在每张白色的马车餐桌上面放上一把硕大的雨伞，于是意境的浪漫程度达到了，可是大部分顾客却全都要陪着咖啡屋周围的鸢尾花一起成为落汤鸡。

其实这也不能怪咖啡屋的老板，毕竟如果认真收听天气预报的话，就会发现气象播报员昨日播报的时候是明确提出今日有雨的。可惜关注的人不多，所以也只有沦为落汤鸡的份儿。

在大部分顾客都抱怨的口语满天飞时，雨天姑娘却眼尖地发现那个自己一直关注的男人带了把伞。

于是理智还没有反应过来之前，她已经不受控制地站到了那人刚刚撑开的伞底下，在他惊讶错愕的目光下，雨天姑娘咬了咬嘴唇。

"Excuse me,can you share the umbrella with me ?"

男子听完她的话后，竟然微笑着点了点头。

在那一刻，雨天姑娘仿佛听见周围那一朵朵鸢尾花的轻笑，也听见了自己怦怦的心跳声。

6

以后的一个星期，雨天姑娘还是每天下午四点半的时候准时过来，照例是一壶卡布奇诺，自己倒入小瓷杯中用汤匙慢慢地搅拌着，然后端起来慢慢地喝上一口。

有时候她还会叫上一碟银盘盛放的手工樱桃酱蛋糕，搭配着浓浓的咖啡，一口一口，仿佛与味蕾进行甜蜜的交融缱绻。

每次咖啡喝到一半时，她都会不自觉地抬头看向紫色鸢尾缠绕着的门庭，因为这个时候，恰好他来。

雨天姑娘感觉自己练成了一种敏锐的神功，能够随时随地于无形中捕捉到那人的身影而不动声色。

比如说现在，在她吃完蛋糕上铺着的第二枚樱桃果干时，便已经察觉到那男人的到来。于是她抬头，计算精准到此刻他也低头望向自己。两人目光在空中相聚相接，于是接下来，她刻意咬了咬方才不经意染上樱桃果酱的红唇，朝他微笑，并做出"Thank you"的口形。

那模样配上她今日的嫩红色T恤衫、浅蓝色的牛仔短裤打扮，显得娇俏无比。

于是，她又收到了那个男人的微笑。

雨天姑娘注意到，那男子微笑时睫毛会伴随着嘴唇弧度的扩大翘起而微微扇动，就像是停留在清晨鸢尾花朵上采食朝露的舞蝶微微扇动的蝶翼。

7

在佛罗伦萨待了整整一个月后，雨天姑娘终于买了飞回北京的机票。

坐在飞机上往窗户外看的时候，映入眼帘的却不再是大朵大朵的白云，而是漫山遍野的鸢尾，和鸢尾中那个朝她微笑时睫毛如蝶翼般扑闪的男子。

雨天姑娘感觉自己潮湿的心情已经被佛罗伦萨的暖阳烘干。

她已经变成了晴天姑娘。

图书在版编目（ＣＩＰ）数据

那些闪闪发光的事和让人心疼的爱 / 一水间著. —
青岛：青岛出版社，2016.7
ISBN 978-7-5552-3733-4

Ⅰ．①那…　Ⅱ．①一…　Ⅲ．①散文集－中国－当代
Ⅳ．①I267

中国版本图书馆CIP数据核字（2016）第062804号

书　　　名　那些闪闪发光的事和让人心疼的爱
著　　　者　一水间
出版发行　青岛出版社
社　　　址　青岛市海尔路182号（266061）
本社网址　http://www.qdpub.com
邮购电话　010-85787680-8015　13335059110
　　　　　　0532-85814750（传真）　0532-68068026
责任编辑　杨　琴
选题策划　易　超
封面设计　苏　涛
版式设计　刘丽霞
印　　　刷　三河市南阳印刷有限公司
出版日期　2016年7月第1版　2016年7月第1次印刷
开　　　本　32开（880mm×1230mm）
印　　　张　8.5
字　　　数　140千
书　　　号　ISBN 978-7-5552-3733-4
定　　　价　36.00元

编校质量、盗版监督服务电话　4006532017　0532-68068670
青岛版图书售后如发现质量问题，请寄回青岛出版社出版印务部调换。
电话：010-85787680-8015　0532-68068629